KB122708

물을 수놓다

MIZU WO NUU by Haruna Terachi
Copyright © Haruna Terachi 2020
All rights reserved.
First published in Japan in 2020 by SHUEISHA Inc., Tokyo.

This Korean edition published by arrangement with Shueisha Inc.,
Tokyo
in care of Tuttle-Mori Agency, Inc., Tokyo, through JM Contents
Agency Co., Seoul

데라치 하루나
장편소설

김선영 옮김

물을
수놓다

水を縫う

일러두기

＊ 본문의 주는 옮긴이가 독자의 이해를 돕기 위해 작성한 것입니다.

차례

제1장

수
면

새 천과 가죽 냄새가 났다. 갓 맞춘 교복이나 가방에서 나는 어색한 냄새. 입학식을 마치고 안내를 따라 찾아간 교실 책상에는 출석번호와 이름이 적힌 작은 쪽지가 붙어 있었다. '40번 마쓰오카 기요스미'의 자리는 창가 맨 앞자리다.

어디선가 날아온 벚꽃 꽃잎이 한 장, 창문에 붙어 있다. 올해는 벚꽃이 일찍 피어서 입학식 때에는 지기 시작할지도 모른다던 할머니 말씀대로 되었다.

"그럼 지금부터 한 명씩 일어나서 자기소개를 할까요? 이름하고 졸업한 중학교, 그리고 뭐든 상관없으니 취미나 좋아하는 음식…… 무슨 동아리에 들어갈지 정해 둔 사람은 그것도 말해 봅시다."

담임은 여자 선생님이다. 누나와 비슷한 나이로 보

이지만 확신은 못 하겠다. 자기소개라는 말에 교실 안이 살짝 술렁였다. 출석번호 1번 학생이 일어섰다.

이노우에 겐토입니다. 네야가와○ 중학교였습니다. 취미…… 음, 영화 관람입니다. 동아리는…… 아직 못 정했습니다. 그래, 잘 들었어요. 그럼 다음. 오노 유미카입니다. 가도마○ 중학교를 졸업했습니다. 중학교 때부터 농구를 해서 고등학교에서도 동아리에 들어갈 생각입니다…….

손끝으로 창문 너머 꽃잎의 윤곽을 더듬었다. 가장자리가 말라서 갈색으로 변해 있었다. 언제부터 여기에 붙어 있었을까?

다카스기 구루미의 목소리가 들려 시선을 돌렸다. 가운데 줄, 앞에서 네 번째로, 교실의 정중앙에 있었다. 초등학교와 중학교를 같이 다닌 구루미는 키가 작아서 의자에서 일어나도 여전히 자그마했다. 교복 소매가 손등을 반쯤 덮었다.

"다카스기 구루미입니다." 겨우 그 한마디만 하고 바로 자리에 앉아버렸다. 교실이 술렁거렸다.

"어, 그게 다니?"

담임이 당황한 듯 뒷걸음질을 치자 몇 명이 피식피

식 웃었다.

"취미 같은 건 없어?"

구루미는 조금 고민하다가 돌을 좋아해요, 라고 앉은 채로 대답했다.

돌? 돌을 좋아한다는 게 무슨 소리지? 돌이라니, 스톤? 돌? 파워스톤 같은 원석 말인가? 아, 다카스기 잖아. 저 녀석 좀 특이해. 그보다 엄청 작네. 초등학생 같아. 뒤에서 숙덕거리는 소리가 들렸다.

구루미는 더 이상 할 말은 없다는 듯 눈을 감고 팔짱을 꼈다. 살짝 처진 입매며, 꼿꼿하게 세운 허리며, 사극에 나오는 수수께끼의 노인 같았다. 사극에 반드시 '수수께끼의 노인'이 나오는 것은 아니다. 이미지가 그렇다고 하면 될까. 개념이라는 표현이 더 맞을까? '개념'을 맞게 쓴 건지 잘 모르겠지만, 어쨌든 그 수수께끼의 노인은 대개 검의 달인인 경우가 많다. 막대기 하나로 악인을 무찌르거나 젓가락으로 벌레를 잡는 멋진 인물이다. 무슨 소리를 하고 싶은가 하면, 다카스기 구루미는 왠지 멋지다는 말이다.

어느새 내 차례가 된 모양이다. 담임의 눈짓을 받고 허둥지둥 일어섰다.

"마쓰오카 기요스미입니다. 네야가와○ 중학교를 졸업했습니다. 동아리는 아직 못 정했습니다."

그리고 숨을 토했다. 사실 말할 필요 없는 정보는 굳이 말하지 않을 생각이었다. 귀찮은 트러블은 싫다. 앞으로 3년간의 고등학교 생활을 순탄히 보낼 수 있다면 그보다 좋은 일은 없다.

"하지만 바느질을 좋아해서 수예부에 들어갈지도 모릅니다."

교실의 분위기가 미묘하게 변한 것 같았다. 기분 탓일지도 모른다. 갑자기 빨라진 심장박동을 억누르느라 제대로 확인할 겨를이 없었다.

길고 긴 조례가 끝나고 겨우 풀려났다. 가방을 메는데 뒤에서 "아"라는 소리가 났다. 어쩐지 한탄스러운 느낌의 소리였다.

뒤를 돌아보니 바로 뒷자리 남학생이 한쪽 팔을 들고 입을 뻐끔거리고 있었다. 소매에 달린 단추가 책상 옆 나사에 걸린 것 같았다. 축 늘어진 실 끝에서 단추가 덜렁덜렁 흔들리고 있었다.

재빨리 책상 위 쪽지를 살펴보았다. 41번 미야타 유다이. 자기소개를 마치고 한동안 심장이 벌렁거려 미야타가 무슨 말을 했는지는 기억에 없었다.

휴대용 반짇고리에서 가위를 꺼내 실을 잘라주었다. 내 소매에 달린 단추는 반짝거리는 금색이었는데, 미야타의 단추는 거뭇했다.

"이 교복, 형한테 물려받은 거야."

내 시선을 알아차렸는지 미야타가 어깨를 으쓱했다.

"네 살 많은 형이 이 학교 나왔거든. 엄마가 여기라면 교복 안 사도 되니까 고등학교는 무조건 여기로 가라더라, 너무하지 않아?"

"어, 그랬구나."

그렇게 진로를 결정하는 사람도 있다는 사실보다 미야타의 붙임성에 깜짝 놀랐다.

교실에서 나오는데 "야, 야" 하면서 미야타가 따라왔다. 복도를 걸으며 미야타는 담임이 귀여웠다느니, 이 학교는 여자애들이 적다느니, 중학교 때 제일 친했던 친구가 다른 고등학교로 가버려서 심심하다느니, 머릿속에 떠오르는 생각을 떠오르는 대로 줄줄이 읊어대는 것처럼 말했다. 맞장구를 치기도 버거웠지만 멋대로 떠들어주니 어떤 의미에서는 편했다.

"나는 이쪽."

미야타가 가리킨 쪽은 우리 집과는 정반대 방향이었다.

"너 라인(LINE) 해?"

"아, 응⋯⋯."

연락처를 주고받는 데 몹시 버벅거렸다. 익숙하지가 않아서 꾸물거리는 내 모습이 조금 부끄러웠지만 미야타는 딱히 개의치 않고 "내일부터 잘 부탁한다"라고 활달하게 손을 들어 인사했다. 앞니가 큼직하고 눈이 초롱초롱해서 무슨 캐릭터를 보는 것 같았다.

가족 이외의 사람과 라인을 하는 건 처음일지도 모르겠다. 가족과도 딱히 사이가 좋아서 대화하는 건 아니다. "늦을 것 같아, 저녁 남겨줘"라거나 "빵 다 떨어졌어" 같은 업무 연락뿐이다.

어수선한 마음으로 새로 추가된 프로필 사진(고양이를 품에 안은 미야타의 셀카)을 바라보다가 겨우 걸음을 뗐다.

어머니는 입학식에 오지 않았다. 오지 않을 줄 알고 있었다.

원래 일을 우선하는 타입이라, 옛날부터 학교 행사

에는 거의 참가한 적이 없다. 내가 초등학교 6학년 때 가위바위보에 져서 학부모회 임원이 되었는데, 그 일도 전부 할머니가 했다.

만약 할머니가 안 계셨다면 우리는 아마 생활이 불가능했을 것이다. '우리'에는 어머니도 포함된다.

오늘도 할머니는 "입학식, 내가 갈까?" 하고 신경써줬지만 이제 고등학생이니 혼자 할 수 있는 일은 직접 하겠다고 사양했다.

시청에서 일하는 어머니가 구체적으로 어떤 일을 하는지 사실 잘 모른다. 주변 사람들이 "사쓰코 씨는 대단해"라고 하니 그런 거겠지. 이혼하고 직접 벌어 두 아이를 키우다니 대단하다는 뜻인 것 같다. 그리고 우는소리 한 번 하지 않으니까, 근면하니까 등등. 그런 연유로 우리 어머니는 굉장히 대단한 사람이다.

몇 년 전 동네 공장을 부순 터에, 같은 색깔의 지붕과 외벽을 가진 정확히 똑같은 크기의 단독주택이 여섯 채 들어섰다. 인형 집 같았다. 가끔 상상한다. 한가운데를 벌컥 열어젖히면 장난감 침대와 소파, 옷을 입은 곰과 토끼가 보이는 게 아닐까. 바보 같다고 생각하면서도 한 번 머릿속에 떠오른 공상은 쉽사리 사라지지 않는다.

우리 집은 그 인형 집들 너머에 있다. 평범한 목조 2층 주택으로 담도 울타리도 없다. 좁은 마당에는 매화나무가 두 그루 있어서 초여름에 할머니가 열매를 따 매실 시럽을 만든다.

현관문 양옆에는 어머니와 할머니가 별생각 없이 사 온 알로에와 파키라 화분이 늘어서 있다. 볕이 좋아서 그런지 제대로 돌보지도 않는데 모든 화분에서 잎이 쑥쑥 자라나서 무서울 정도다.

중학교 때는 10분이 채 되지 않았던 통학 시간이 고등학교에 가니 두 배 넘게 늘었다. 새로 산 운동화는 걷기에 조금 불편하다. 어차피 금방 발이 커질 거라고 한 사이즈 크게 산 탓이다.

시선을 떨어뜨렸다가 그제야 신발 끈이 풀려 있는 것을 알았다. 같은 교복을 입은 학생과 그 어머니로 보이는 양복 차림의 사람이 끈을 묶는 나를 지나쳐 갔다. 점심은 뭐 먹을래, 피자라도 주문할까, 그런 대화가 들린 순간 갑자기 허기를 느꼈다. 스스로도 당혹스러울 정도로 강렬하고 갑작스러운 식욕이었다.

우리 집은 할아버지가 지었다고 한다. 얼굴은 사

진으로밖에 본 적 없다. 내가 태어나기 직전에 돌아가셨으니까. 만약 우리 집의 역사를 연표로 만든다면 '할아버지가 살아계셨을 때'와 '내가 태어난 이후'로 명확히 나뉠 것이다. 그리고 그 두 시기 사이에 걸쳐져 있는 게 '아버지가 함께 산' 7년 정도이다.

아버지와 어머니가 이혼했을 때, 나는 아직 한 살이었다. 철이 들 무렵부터 아버지는 '밖에서 만나는 사람'이었다. 이혼의 이유는 모른다. 어머니가 예전에 옛날이야기처럼 몇 번이나 들려준 '한 달 치 용돈으로 받은 돈을 하루 만에 다 써버려서 화가 난 어머니가 아버지를 걷어차 집 밖으로 쫓아낸 이야기'나 '내가 갓난아기였을 때 아버지가 한눈파는 바람에 계단에서 굴러떨어진 이야기'로 상상해 보는 수밖에 없다.

구로다 씨가 집 앞에서 이쪽을 바라보고 있었다.

상복인가 싶을 정도로 검은 양복을 입은 구로다 씨가 표정 없이 한 손을 들었다. 허리를 너무 꼿꼿이 펴고 있어 거의 뒤로 넘어갈 것처럼 보였다. 남자치고는 왜소한 축에 들어가는 것을 신경 쓰는 게 자세에 여실히 드러난다.

덧붙여 말하면 눈매가 매서운 건 근시라서 그렇다. 잘 웃지 않는 것은 심기가 불편해서 그런 게 아니다. 오래전 연인이 "당신은 웃으면 못생겨지네"라고 한 말을 아직도 마음에 담아두고 있는 탓이다. 이웃 아주머니들은 그 사실을 모르니 한때 "마쓰오카 씨 댁에 인상 험한 남자가 드나든다", "아마도 빚쟁이" 같은 소문이 사실처럼 퍼졌다. 사실 구로다 씨는 돈을 받으러 온 게 아니라 가져오는 사람인데 말이다.

"구로다 씨, 아버지는 잘 지내요?"

"그래. 여전해."

떠다니는 해파리처럼 두 손을 둥실둥실 흔들었다. 아버지는 여전히 현실에 발붙이지 못하고 있다. 아마도 그런 의미겠지.

"오늘 입학식이었지? 사진 좀 찍자."

대답하기도 전에 구로다 씨가 이미 스마트폰을 들고 있었다.

"조금은 웃어봐라."

"싫어요."

두 손가락을 세우고 무표정하게 피사체가 되어주었다. 조금은 웃어봐라…… 뭐야…… 하아…… 재미

없게…… 찍은 사진을 아버지에게 보내는 구로다 씨는 아마 자기가 생각한 것을 전부 소리 내어 말하고 있다는 걸 모르는 것 같았다. 조금 재밌어서 일부러 지적하지 않았다.

우편함을 들여다보았다. 마쓰오카 후미에 앞으로 온 청구서. 이건 할머니에게 전달. 마쓰오카 사쓰코 앞, 아마도 전단지. 이건 어머니에게. 손에 들고 분류했다. 나와 누나 앞으로 온 우편물은 없다.

"그럼 또 다음 달에." 구로다 씨가 등을 돌렸다. 바람이 불어와 문 앞에 있는 파키라 잎을 흔들었다.

부엌에서 할머니가 콧노래를 흥얼거리며 프라이팬을 씻고 있었다. 당신이, 좋아하는 사람과, 춤추어도 좋아요. 노래 제목은 몰라도 할머니 기분이 나쁘지 않다는 건 알겠다.

테이블 위에 랩을 씌운 볶음면 접시가 놓여 있었다.

"누나는?"

"외출했어. 아, 그거 네 몫이란다. 호화판 볶음면."

할머니가 한 손에 수세미를 들고 턱으로 테이블을

가리켰다. "아, 그래"라고 대답하는 동시에 배가 꼬르
륵거렸다.

"호화판이라더니 달걀프라이 하나 올라간 것뿐이
잖아."

흐흥, 하고 으스대듯 미소 짓는 할머니 옆에서 냉
장고에서 꺼낸 우유를 마셨다. 거품으로 범벅된 할머
니의 손을 의미 없이 뚫어져라 바라본다. 세제의 인
공적인 레몬 향이 부엌에 가득했다.

"너도 벌써 고등학생이구나."

봄방학 때부터 할머니가 그 말을 몇 번째 하는지
이제 셀 수도 없다. 그렇게 감개무량한 일인가? 손자
가 고등학생이 된다는 건.

설거지를 마친 할머니는 전자레인지를 쓰는 내게
"나중에 보자"라고 말하고 자기 방으로 들어갔다.

볶음면을 다 먹고 할머니 방으로 가니 차탁 위에
할머니의 반짇고리가 놓여 있었다. 덮개에 예쁜 공이
그려진 그 반짇고리를 보는 건 꽤 오랜만이었다.

"오, 어쩐 일이야."

"단만 줄이는 거야."

계란과자를 먹는 내 옆에서 할머니가 바느질을 하

고 있었다. 그것이 나의 가장 오래된 기억이다. 두 살 아니면 세 살, 대충 그 정도 나이였을까. 할머니 무릎 위에 펼쳐진, 서로 연결된 천 조각들. 엉망인 것 같지만 기묘하게 조화를 이루는 색색들. 조금 더 자란 후에야 그것을 패치워크라고 부른다는 것을 알았다. 어머니와 누나가 어렸을 때는 원피스나 치마를 직접 만들었다고 했다. "입히고 싶은 옷을 안 팔아서"라는 이유였다. 없으면 만들면 된다는 할머니의 사고방식을 좋아한다.

할머니는 테디베어만 잔뜩 만들던 시기도 있었고, 자수에 빠진 시기도 있었다. 옆에서 구경하던 내가 "해보고 싶다"고 손을 뻗자 바늘 쥐는 법부터 세세히 알려줬다. 그 뒤로 나는 프라모델 조립보다 천 조각을 이어 붙이는 작업을 즐기게 됐다. 게임을 공략하듯 다양한 자수 스티치를 익혔다.

하지만 수예의 즐거움을 가르쳐준 할머니는 최근 5년 사이 거의 바늘을 들지 않았다. 눈이 침침하다거나 어깨가 결린다는 게 수예를 멀리하게 된 이유였다.

그래도 '바느질은 할머니 방에서' 하는 습관은 아

직도 변함없다. 어쨌거나 도구나 책도 갖춰져 있고, 모르는 부분은 할머니가 가르쳐준다.

"사쓰코가 치맛단을 줄여달라고 부탁하지 뭐니."

어머니는 바느질을 싫어한다. 요리도 귀찮아한다. 묘하게 결벽증이 있어 청소만큼은 꼼꼼히 한다.

'묘한 결벽증'은 누나에게도 있어서, 이쪽은 빨래에 말이 많다. 나는 3년 전에 딱 한 번 '수건을 말리기 전에 손으로 털어서 주름을 펴지 않았다'는 이유로 지금까지 "너는 빨래 말리는 자세가 안 됐어"라는 잔소리를 듣고 있다.

그래서 우리 집 가사는 자연히 나와 할머니가 요리, 어머니가 청소, 누나가 빨래를 분담하고 있다. 하지만 곧 빨래는 각자 하게 되겠지.

누나는 가을이면 결혼해서 이 집을 떠난다. 그렇게 생각하면 바람이 훑고 지나가는 느낌이다. 섭섭하다는 감정과는 조금 다르다. 동네 공장이 무너진 직후, 익숙한 마을 풍경에 갑자기 불쑥 나타난 틈새를 바라보던 때의 불안감과 비슷했다.

할머니는 차탁에 어머니 치마를 펼쳤다. 나는 손수건을 끼운 자수틀을 올려놓았다. "그럼" 하고 한마디

인사를 하고 바늘 수를 세었다. 바늘방석에는 바느질용 바늘이 두 개, 자수용 바늘이 세 개, 시침핀이 여섯 개. 반드시 바늘 수를 셀 것. 마무리할 때도 똑같다. 이것만큼은 정말 엄격하게 배웠다.

밑그림을 따라 손수건에 바늘을 꽂는다.

"고등학교는 어땠어?"

바늘구멍이 안 보인다며 투덜거리는 할머니 대신 실을 꿰어주면서 "어떻긴" 하고 대답했다.

"어쩌면 수예부에 들어갈지도."

"수예부라면 여학생들만 잔뜩 있는 것 아니니?"

중학교 때 반에서 제일 요란한 여자애가 "저기, 마쓰오카는 이거야?" 하고 얼굴에 손으로 꽃받침을 만드는 시늉을 한 적이 있었다.

하나, 요리 실습에서 채소를 다듬는 게 능숙했다.

둘, 휴대용 반짇고리를 가지고 다닌다.

이 두 가지 이유로 그 여학생은 나를 "여자 같은 남자"라고 불렀다. 그건 "이거야?" 사건보다 훨씬 전에 있었던 일이지만 "이거야?" 다음으로 "여자가 되고 싶어?", "남자를 좋아해?"라는 질문이 이어져서, 정말 바보 같은 소리라고 생각했다. 요리나 재봉 기술을

성 정체성이나 성적 지향과 연결하다니, 어이없다. 설령 그렇다 해도 그게 어쨌단 말인가. '이것'이든 저것이든 그것이든, 그런 건 남들과 아무 상관없다. 황당함과 짜증으로 머릿속이 가득 찼지만 남들 눈에는 내가 그냥 통명스럽게 입을 꾹 다물고 있는 것처럼 보였던 모양이다.

그 후 왕따는 아니지만 은근히 겉돌게 되었다. 가족들도 '친구 없는 아이'로 인식하고 있다.

"고등학교에서는 친구가 생기면 좋겠구나, 기요."

어머니는 "수예 따위 그만둬"라고 한다. 운동을 하길 바라는 것이다. 무슨 운동이든 상관없으나 그저 친구들과 동아리 활동을 하든가 놀았으면 좋겠다는 말을 되풀이한다. 평범한 남자아이들처럼, 이라고.

어머니가 말하는 "평범한 남자아이"는 드라마나 만화 속에만 존재할 것 같다.

할머니는 물론 수예를 그만두라는 말은 하지 않는다. 하지만 "친구를 사귀는 게 좋아"라고 권하는 열의만큼은 어머니 못지않다. 누가 모녀 아니랄까봐, 그런 점은 신기하다.

"그러고 보니 오늘 뒷자리 애하고 얘기했어."

조용히 보고하자 할머니 얼굴이 햇빛을 반사한 것처럼 환해졌다.

"연락처도 교환했고."

어머나, 어머나, 하며 할머니가 슬금슬금 다가오길래 슬쩍 피했다.

"다행이구나, 기요. 어머나, 그래…… 정말…… 다행이구나, 다행이야."

하얗게 마른 손으로 내 무릎을 짚는다. 잔칫상이라도 차릴 기세다. 그렇게 걱정하고 있었나. '친구가 없다'는 건 이렇게 큰 문제였나.

미야타와 친하게 지내야 한다. 친하게 지내고 '싶다'가 아니다. 이제는 반드시 그렇게 되어야만 한다.

할머니가 콧노래를 부르며 치맛단 줄이는 작업을 다시 시작해, 나도 바늘을 고쳐 쥐었다.

한 땀, 한 땀, 꿰매는 고요한 시간을 좋아한다. 이따금 내 마음이 누군가 엉망으로 휘젓고 구둣발로 돌아다닌 방처럼 느껴질 때가 있다. 하지만 천천히 바느질을 하다 보면 조금씩 방이 정돈되어 간다. 억지로 끌려 나온 분노나 슬픔은 서랍이나 선반과 같이 있어야 할 장소로 돌아가고, 지저분한 바닥은 깨끗하게 닦인다.

즐거운 일이 있었을 때 하는 바느질은 그 방에 새로운 문이나 창문을 만들어준다. 창문을 활짝 열면 빛이 들어온다. 상쾌한 바람이 분다. 문 너머에 처음 보는 낯선 풍경이 펼쳐지는 듯한 기분이다.

"기요는 자수를 할 때가 제일 즐거워 보이는구나."

"응."

할머니에게 이것저것 배워서 해보았지만 자수는 특별한 보람이 있었다. 똑같은 도안이라도 바탕천이나 고르는 실의 색깔, 종류, 스티치 차이에 따라 인상이 확 달라지니까.

선이었던 실이 차곡차곡 바느질을 반복하면 면이 된다. 조금씩 형태가 되어가는 그 과정이 즐겁다. 염색하거나 그림을 그린 천과도, 직조한 천과도 다른, 실을 겹쳐가는 것으로만 자아낼 수 있는 색과 질감이 있다. 그게 무척이나 흥미롭다.

할머니가 내가 손에 든 자수틀을 들여다보더니 "고양이로구나"라고 중얼거렸다. 요즘 지름 2센티미터 정도 되는 고양이 얼굴 자수에 푹 빠져 있다. 하얀 고양이, 검은 고양이, 벌써 손수건 다섯 장을 채울 만큼 자수를 놓았다.

"고양이 코밑, 여기, 도톰한 부분을 잘 표현했구나."

역시 할머니는 잘 이해해 준다. 어머니나 누나는 수예를 좋아하지 않아 무엇을 봐도 반응이 거의 없다. 그렇지? 도톰하지? 그렇게 대답하는 얼굴에 웃음이 번지는 걸 거울을 보지 않아도 알 수 있었다.

바느질하다 피곤해져 할머니 책장을 바라봤다. 《귀부인의 드레스 디자인》이라는 책을 빼자 할머니가 살짝 웃었다.

"너는 그걸 정말 좋아하는구나. 전에도 읽었잖니."

"하지만 재밌잖아. 모든 게 과해. 봐요, 이 프릴."

파니에로 부풀어 오른 로코코 시대의 드레스. 얼마나 움직이기 불편했을까? 보란 듯이 소매나 단에 붙은 프릴과 레이스. 섬세하고도 호사스러운 자수. 착용감이나 실용성은 완전히 무시한 의복. 아무리 봐도 센스의 폭주다.

페이지를 넘길 때마다 관심이 싹텄다. 스스로도 제어할 수 없을 속도로.

"입어보고 싶니?"

할머니의 물음에 단호하게 고개를 저었다. 꽉 조인 허리. 크게 벌어진 목덜미. 이건 전부 부드러운 곡선으로 구성된 신체를 위한 의복이다. 직선이 많고, 근육 때문에 딱딱한 내 몸에는 어울리는 옷이 따로 있다.

"하지만 만들어는 보고 싶어."

어떤 옷본을 쓰는지 궁금하다. 가능하다면 옷을 해체해서 직접 보고 싶다. 자수를 풀어서 어떤 식으로 한 땀 한 땀 꿰맸는지 세세하게 확인하고 싶다.

"드레스를 만들겠다고? 기요는 역시 아버지를 닮았구나."

그렇게 말하고 할머니는 당황해서 손으로 입을 가렸다. "아버지를 닮았다"는 이 집에서는 금기어다. 어머니의 심기가 나빠진다. 가령 어머니가 지금 이 자리에 없더라도 입 밖에 내지 않는 편이 낫다. 못 들은 척 책 페이지를 넘겼다.

"오늘 저녁은 뭘로 할까?"

할머니 목소리에 벽시계를 올려다보니 벌써 오후 5시를 바라보고 있었다.

"두부튀김이 있으니 그걸 구울까?"

"채소 칸에 있는 봄 양배추하고 햇양파도 다 써버리는 게 낫지 않아?"

"봄 양배추하고 햇양파, 베이컨은 콘소메로 끓이고, 두부튀김은 토스터로 바삭하게 굽고, 저번에 냉동해 둔 콩밥이 아직 있지, 그걸 먹으면 되겠구나."

메뉴를 의논하면서 부엌으로 향했다.

채소를 씻으며 "여자 같은 남자"라고 중얼거려 보았다. 여자답다거나 남자답다는 표현 자체도 잘 이해가 안 간다. 그렇게 귀찮은 구분이 필요한가? 그런 생각만 든다.

요리나 재봉에 능숙한 건 성별과 상관없이 생활력이라고 불러야 하지 않을까? 기계에 강하다거나, 수학을 잘한다거나, 그런 것도 전부 생활력이다.

각자 자기 특기 분야의 생활력으로 서로 도우며 살면 안 되는 걸까.

현관 쪽에서 무슨 소리가 났다. 다녀왔어, 그렇게 말하는 어머니보다 먹음직스러운 냄새가 먼저 부엌에 들어왔다.

"치킨 사 왔어."

기요, 너 이거 좋아하지? 그런 소리가 세면대 물소

리에 섞여 들려왔다.

툭, 소리와 함께 테이블에 놓인 종이봉투를 들여다보니 치킨이 산더미처럼 들어 있었다.

"닭 한 마리는 되겠는데?"

"닭이라고 하지 마, 식욕 떨어져."

어머니가 눈썹을 찌푸리며 냉장고를 열었다. 평소 내게 귀가 따갑도록 "헛돈 쓰면 안 돼"라고 하면서 어머니는 씀씀이가 상당히 어설프다. 헤픈 게 아니라.

"입학식은 괜찮았어?"

"응. 돈도 잘 내고 왔어."

어머니가 등록금이라고 준 봉투 속 금액은 막연히 생각했던 것보다 훨씬 많았다. 금전 부담을 줄이려고 공립 고등학교를 지망했는데, 사람들이 "공립은 돈이 안 든다"고 했던 건 어디까지나 사립에 비해서 그렇다는 의미였던 것이다.

너 대학 보낼 돈은 있어. 어머니는 늘 그렇게 말하지만 넘쳐나도록 풍족한 집이 아니라는 사실쯤은 잘 알고 있다. '남들만큼'이라는 것에 어머니는 연연한다. 중학생 때 아무 말도 하지 않았는데 스마트폰을 사 준 것도 분명 그런 이유일 것이다.

누나는 고등학교를 졸업하고 바로 지금 다니는 보습학원에 취직했다. 나도 진학하지 않고 취직할 생각이다.

사실 졸업 후가 아니라 지금 당장 아르바이트를 하고 싶다. 그러면 더 많은 천과 실을 살 수 있다. 어머니는 돈이 필요할 때는 말하라고 하지만, 그건 문제집을 산다거나 '평범한 남학생'처럼 친구랑 노는 용도일 때를 말하는 것이니 "수예용품점에 가게, 돈 좀 줘"라는 말은 할 수 없다.

테이블에 접시를 차리는데 누나가 돌아왔다. 거실에 들어오자마자 털썩 주저앉는다. 뒷모습이 해초처럼 힘없이 휘청휘청 흔들리고 있었다.

"어머 얘, 손 씻어, 손."

집에 돌아오면 우선 손부터 씻고 가글! 아이를 야단치듯 어머니가 누나에게 말했다. 예, 알겠어요. 또렷한 대답과는 대조적으로 몹시 느릿한 동작으로 세면실로 향하는 누나의 뒷모습을 바라보면서 그릇에 밥을 펐다.

"결혼이 이렇게 힘들 줄이야."

젓가락 들기도 힘들다는 듯이 누나가 또 한숨을 쉬었다. 결혼식장을 살펴보고 온 모양이다.

레스토랑 웨딩을 계획하고 있는데, 결정할 사항이 너무 많아서 이야기만 들었는데 지쳤다고 했다.

"왜 레스토랑이야?"

"그게 돈이 덜 들어."

돈을 들이지 않겠다는 점이 견실한 누나다웠다. 취직할 때까지는 화장도 하지 않았고, 아르바이트로 번 돈도 거의 저축했다. 어쨌거나 외모에도 행동에도 일절 헤픈 구석이 없다. 보습학원에서 일하는 지금도 남색과 회색 바지 정장을 교복처럼 매일 바꿔가며 입고 출근한다. 몸이 약간 안 좋은 정도로는 쉬지도 않는다.

견실한 게 아니라 그냥 겁이 많은 걸지도 모른다. 그도 그럴 것이 말버릇이 "난 그런 거 부담스러워"니까. 무서운 놀이기구, 번지점프, 붉은 립스틱, 화려한 네일, 전부 부담스럽다고 거부한다. 조금이라도 일상의 카테고리에서 벗어난 것들을 애처로울 만치 필사적으로 멀리하려 한다.

처음에는 결혼식 자체를 거부했지만 약혼자의 어

머니가 애원해서 어쩔 수 없이 결혼식을 올리기로 했다는 누나의 설명에는 '속박', '체면'이라는 단어가 빈번히 나왔다.

"초대장도 직접 만들 생각인데…… 뭐, 그건 곤노씨가 컴퓨터로 해준다지만."

누나가 곤노 씨라고 부를 때마다 묘한 기분이 든다. 아직도 성으로 부르다니, 데면데면하다. 단둘이 있을 때는 애칭으로 부르거나 적당히 애정 표현도 하고 그럴까? 치킨을 한입 가득 넣고 우물거렸다. 곤노씨와 사랑을 속삭이는 누나. 적극적으로 상상하고 싶지는 않다.

"기요, 너 그런 데에 컵을 두면 분명히 떨어뜨린다."

어머니가 내 손 언저리를 주시했다. 마지못해 컵을 안쪽으로 밀었다. 실수로 정말 떨어뜨리기라도 하면 이번에는 "그것 봐! 내가 뭐랬니!" 하고 으스댈 게 뻔했다.

"내가 뭐랬니"와 비슷한 빈도로 어머니는 "그만둬"라는 말을 자주 한다. 편의점에 갈까? 그만둬, 비 올 것 같다. 이 과자 먹을까? 그만둬, 이제 곧 밥 먹을 거잖니. 집에 있는 내내 그런 대화가 이어진다.

"전부 세트로 되어 있는 결혼식장 플랜이 레스토랑보다 편하고 좋지 않아?"

직접 이것저것 준비하는 수고를 생각하면 그리 비싼 금액도 아니다. 어머니의 주장은 대강 그런 내용이었다.

"예를 들어 그 예식장 있잖아, 거기."

어머니가 말한 예식장 이름을 들은 누나의 머리가 전후좌우로 흔들렸다. 악령이 씐 듯한 움직임에 할머니가 오싹한 표정으로 젓가락을 내려놓았다.

"거기, 저번에 둘러봤는데 부담스러워."

하얀 예배당이 번쩍번쩍했다. 캔들 서비스용 받침대에 핑크색 장미로 만든 하트가 붙어 있었다. 드레스가 죄다 하늘하늘 팔랑팔랑 공주님처럼 화려했다. 그리고 웨딩 사진에 하트 풍선을 잔뜩 넣어서 반짝반짝한 느낌을 강하게 연출한다. 그러니 부담스러워 절대 못 한다는 것이다.

"반짝반짝이라니, 그런 건 당연하잖아. 신부니까."

"그런 거 부담스러워, 부끄러워. 내가 입을 만한 드레스는 한 벌도 없었어."

하늘하늘 팔랑팔랑 공주님 같은 드레스의 무엇이 그렇게 마음에 안 드는 걸까? 부끄럽다는 감각을 전혀 이해할 수 없다. 피부가 하얗고 가녀린 누나에게 분명 잘 어울릴 텐데. 어울리는 차림을 하는 것의 대체 어떤 점이 부끄럽다는 걸까.

만들어보고 싶어. 아까 할머니에게 했던 말이 문득 되살아났다. 입을 만한 드레스가 없다. 그렇다면 만들면 되지 않나?

"어디에 없을까? 조금 더 이렇게…… 수수한 스타일……."

서둘러 입에 물고 있던 밥을 삼켰다. 초조함 때문에 누나, 하고 부르는 목소리가 높아졌다.

"그럼 내, 내가 드레스 만들어줄게. 하늘하늘 팔랑팔랑하지 않게, 적당히 괜찮은 느낌으로."

어! 누나가 놀라서 몸을 젖히다가 식탁 아래를 무릎으로 쳤다. 그 충격으로 내 된장국이 출렁거렸다. 뭐야, 밥상 앞에서 버릇없게, 하고 어머니가 얼굴을 찌푸렸다.

"그런 것도 할 수 있어?"

드레스를 만들어본 경험은 없지만 가정 수업에서

만든 앞치마나 잠옷과 큰 차이 없을 것 같았다. 옷본을 뜨고, 순서대로 바느질을 해가면 완성될 것이다.

"어때, 할머니. 해보자."

"어머, 나도?"

할머니가 화들짝 놀란 표정으로 가슴에 손을 얹었다.

"엄마하고 누나한테 치마나 원피스를 지어준 적 있잖아."

"언제 적 얘기를."

"그만둬."

어머니가 대화를 끊었다.

"나왔다, '그만둬'. 왜?"

어머니 표정이 한층 어두워졌다.

"아마추어가 만든 드레스 같은 걸 입고 결혼식을 하다니, 미오가 불쌍하잖니. 볼썽사납게."

"아니, 볼썽사납진 않은데……."

누나가 머뭇거리며 나와 어머니를 번갈아 바라보았다.

"네가 드레스를 만들 수나 있겠어? 그만두라고 할 때 말 들어."

"왜? 왜 못 한다고 단정해? 해보지 않으면 모르잖아."

"알 수 있어. 그만둬. 애초에…… 애초에, 그런."

그런, 다음에 이어질 뒷말을 기다렸다. 하지만 어머니는 부루퉁한 얼굴로 입을 다물었다.

그런, 아버지 같은 짓을 하다니. 분명 그렇게 말하려 했겠지.

거칠게 내려놓은 젓가락 끝이 접시에 닿아 쩽그렁, 불쾌한 소리가 났다.

왜소해졌다.

낮은 펜스를 붙잡고 강을 굽어보고 있는 아버지의 뒷모습을 보고 그 사실에 놀랐다. 동급생들 아버지나 교사와 비교하면 아버지는 훨씬 젊어 보였다. 굳이 따지자면 키도 큰 편이라고 생각했는데, 왠지 작년부터 왜소해지고 있는 것만 같다.

"아버지…… 줄어든 거 아니야?"

"네가 자란 거야."

나란히 서니 얼굴이 거의 같은 높이였다.

"곧 넘어서겠구나."

젊어 보인다는 것은 장점도 무엇도 아니다. 적어도 아버지의 경우는. 그도 그럴 것이, 몹시 미덥지 못한 인상이니까.

몇 달에 한 번, 이렇게 호출당한다. 매달 구로다 씨가 전해 주는 사진만으로는 부족하다 싶어지면 만나러 온다. 딸도 만나고 싶을 테지만 누나가 거부해서 계속 만나지 못하고 있다.

용서할 수 없다거나 혐오한다거나, 그런 건 아니야. 언젠가 누나가 그렇게 말한 적이 있다. 하지만 그냥 귀찮아, 라고.

확실히 귀찮다. 아버지를 만났다는 사실을 알면 어머니는 항상 조금 불편한 심기를 드러낸다. '조금 불편한 심기'는 어머니의 잔소리 증가로 이어진다.

아버지와 만나도 딱히 특별한 일을 하는 것은 아니다. 그저 터덜터덜 걷거나, 실없는 이야기를 할 뿐이다. 식당에 들어가는 경우는 드물고, 용돈을 주는 경우는 그보다 더 드물다. 민망해하는 기색도 없이 돈이 없다고 말한다. 받은 월급이 매달 "어느새 사라지고 없다"는 것이다.

아마 내 지갑에는 난쟁이가 살고 있어서, 반쯤 재

미 삼아 지폐나 동전을 넣었다 뺐다 하는 것 같아. 진지한 얼굴로 그렇게 설명했을 때는 진심으로 걱정했지만 농담이었던 모양이다. 너무 재미없어서 농담인 줄 몰랐다.

붉은 특급열차가 고가선로 위를 지나갔다. 일요일 오후, 교토 쪽으로 향하는 전철은 승객들로 미어터졌다.

강으로 시선을 돌리니 검은 그림자가 스윽 지나갔다. 잉어일지도 모른다. 눈이 부셔서 잘 보이지 않는다. 누나가 전에 이 강에서 뉴트리아를 목격했다고 했는데, 나는 아직 본 적 없다. 강변길에는 인적이 거의 없었다. 한 할머니가 손수레를 끌며 느릿느릿 옆을 지나갔다.

전에 어머니가 남쪽 섬 생활을 소개하는 방송을 보며 "저렇게 한가로운 곳에서 사는 것도 좋을지 모르겠네"라고 중얼거렸는데, 내 눈에는 이 동네도 충분히 한가롭다. 하품이 나올 정도로.

"저기, 미오 결혼하니?"

주머니를 뒤져 민트 캔디 상자를 꺼내며 어색하게 누나의 이름을 말하는 아버지를 잠시 말없이 바라보았다. 작은 민트 알맹이를 손바닥에 떨어뜨린다. 겨우 그 동작 하나를 하는데 대체 뭘 저리 꾸물거릴까. 팔꿈치를 펜스에 부딪치질 않나, 바닥에 후두두 떨어뜨리질 않나, 급기야 "으아아" 하고 한심한 소리를 냈다.

"상대는 어떤 남자야?"

"뭐랄까, 평범하게 좋은 사람이라는 느낌."

평범하게 좋은 사람. 칭찬이 아니라는 건 당연히 안다. 하지만 그렇게 표현할 수밖에 없었다. "아버지하고 정반대 타입이야"라고 말할 수도 없으니까.

선량함이 옷을 입고 걸어다니는 것 같구나. 할머니는 곤노 씨를 그렇게 평가했다. 어머니는 곤노 씨의 성실함이 몹시 마음에 들었는지, 절대 놓치면 안 된다고 보기 드물게 흥분했다.

옷을 입은 선량함, 즉 곤노 씨를 결혼 상대로 고른 누나는 아마도 올바를 것이다. '올바르다'는 것은 어머니가 눈썹을 찌푸리게 하지 않는다는 뜻이다. 올바른 결혼 상대를 선택해, 올바른 출산을 하고, 올바르게 아이를 키워 올바르게 늙어가리라.

누나는 대단하다. 비꼬는 게 아니다. 진심으로 그

렇게 생각한다. 어머니 말처럼 "평범하게 취직해서 평범하게 결혼하고 평범한 가정을 이룬다"는 루트를 걸어가는 것은 어머니가 생각하듯 쉬운 일이 아니다. 나는 평범하게 친구를 만드는 것조차 잘 해내지 못한다.

그래, 좋은 사람이니. 입을 우물거리는 아버지의 옆모습을 더 이상 지켜보고 있을 수가 없어 눈을 돌렸다.

다섯 살 때, 아버지가 집에 온 적이 있다. 크리스마스 직전이었다.

"절대 안 입어."

누나는 그렇게 말하며 아버지가 크리스마스 선물로 가져온 원피스를 바닥에 내팽개쳤다. 바닥에 떨어지기 직전, 공기를 머금어 부풀어 오른 천이 풍선처럼 형태를 바꾸는 모습이 기묘하게 아름다웠다. 그것은 분명 아버지가 지은 옷이었다.

그 후로 아버지는 집에 오지 않았고, 대신 구로다 씨가 매달 찾아오게 되었다.

"있지, 아버지. 옷 만드는 거 어려워?"

아버지는 난처한 듯이 손가락으로 눈썹 위를 긁적

였다.

네 아버지는 굉장했어. 구로다 씨가 예전에 했던 말을 지금도 기억하고 있다. 굉장했어. 어디까지나 과거형이었다. 네 아버지는, 깜짝 놀랄 만큼 멋진 옷을 잔뜩 만들었어. 너희가 태어나기 전에는.

강 상류에서 하얗고 커다란 꽃잎과 잎사귀가 흘러왔다. 꽃의 이름은 모른다. 물 위를 흘러가는 벚꽃들을 뜻하는 '꽃 뗏목'이라는 예쁜 표현을 가르쳐준 것은 할머니였다. 벚꽃이 아니어도 꽃 뗏목이라 표현해도 되는 걸까.

"누나 결혼식 드레스, 할머니하고 함께 만들 거야."

호. 그제야 비로소 아버지의 목소리가 생기를 띠었다.

"기요는 그런 거에 관심 있니?"

누나의 승낙은 아직 받지 못했다. 할머니는 "뭐, 네가 그리 말하니 도와줄 수야 있다만……"이라고 했지만 절대 적극적이지는 않다. 어머니는 명확하게 반대 의사를 표했다. 그래도, 라고 생각했다. 그래도, 그래도.

"혹시 장래에 패션계로 진학하고 싶은 거니?"

어머니라면 분명 대답을 듣기 전에 "그만둬"라고

잘라버릴 질문을, 아버지는 눈을 빛내며 물었다.

"디자인 쪽? 패턴 디자이너? 아, 혹시 스타일리스트?"

"아직 거기까지는 생각 안 했는데."

"어차피 할 거라면 꿈은 크게 가져야지."

후후, 그렇게 웃는 아버지의 옆얼굴을 뚫어져라 쳐다보았다. 꿈은 크게 가져야지. 성공한 사람이나 하는 말 아니었던가.

"……뭐, 나는 실패했지만."

디자이너가 되어 자기 브랜드를 만든다는 목표를 가슴에 품고 와카야마의 작은 마을에서 오사카 패션전문대에 진학한 아버지의 그 '큰 꿈'이 대체 어디서 무너졌는지 궁금했다.

어느 순간에 아버지는 '실패'했다고 생각했을까? 전문대에서 특별히 우수한 학생을 선발한다는 파리 유학 선발에서 떨어졌을 때였을까. 디자이너가 되고 싶었는데 오사카 시내 의류 브랜드 영업직으로 채용되었을 때일까.

어쩌면 어머니가 임신해 스물두 살에 결혼했을 때일까. 누나가 태어나고, 이어서 내가 태어나고, 아버지는 무슨 생각을 했을까. 이제 세상에서 말하는 '평범함'이나 '정상성'에 발목을 잡히고 말았다고 분통해했을까.

어머니와 결혼하지 않았더라면. 누나나 내가 태어나지 않았더라면. 아버지는 꿈을 이룰 수 있었다고 생각할지도 모른다. 어쩌면 지금도.

우리, 없는 게 나았어? 몇 번이나 집어삼킨 말이 다시 입술 사이로 새어 나오려 했다. 집어삼키면, 씁쓸하다.

아버지가 뭔가 말했지만 전철이 지나가는 소리에 묻혀 알아들을 수 없었다. 강에서 물고기가 첨벙 뛰어올랐다.

바닥에 내동댕이쳐진 원피스는 옅은 하늘색으로, 허리께에 자투리 천으로 만든 리본이 달려 있었다. 누나가 받은 옷은 선명하게 기억하는데, 내가 아버지에게 무엇을 받았는지는 기억나지 않는다.

그 원피스가 어찌 되었는지, 그때 아버지가 어떤 반응을 보였는지, 그것도 기억에서 쏙 빠져 있다.

목욕하고 나와 머리를 말리는데 세면실 문이 열렸

다. 거울 너머로 눈이 마주쳤다. 어지간히 일이 바빴
는지 하나로 질끈 묶은 누나의 머리카락이 상당히 흐
트러져 있었다.

"어서 와. 손 씻을 거야?"

넓지 않은 세면대 앞에 나란히 서게 되었다.

"누나, 아버지가 만든 원피스 결국 어떻게 되었
더라?"

손에 거품을 가득 묻힌 누나가 "어?" 하고 눈썹을
찌푸렸다.

"뭐야, 갑자기."

그 말을 끝으로 입을 다물길래 일단 껐던 드라이어
스위치를 다시 켰다. 거울 속 누나의 입술이 움직였
지만 무슨 말인지는 들리지 않았다.

"어, 뭐?"

"드레스, 지어줄래?"

하늘하늘 팔랑팔랑하지 않은, 심플한 드레스. 누나
는 단숨에 말하고 숨을 토했다. 거품이 묻은 손을 하
염없이 박박 문지르느라 이쪽을 보지 않는다.

"아아…… 응. 응, 당연하지."

태연한 척하려 했지만 아무래도 입꼬리가 슬슬 올

라갔다. 드레스를 짓는다. 내 손으로.

책으로 여러 번 보았던, 화려하기 그지없는 레이스와 자수, 파니에로 부풀어 오른 드레스가 차례로 꽃이 피듯 머릿속에 툭툭 떠올랐다.

"그럼 잘 부탁해."

누나가 수도꼭지를 틀었다. 힘차게 터져 나온 물이 옷소매를 팔꿈치 언저리까지 적셨다.

점심시간 교실에는 책상을 맞붙인 작은 섬이 몇 개나 생긴다. 대륙이라고 부르고 싶은 큰 모임도 있다. 중학교 급식 시간과는 다르게 저마다 친한 상대와 함께 점심을 먹을 수 있다.

입학식을 한 지 2주가 넘었다. 나는 교탁 근처, 책상 세 개가 붙은 섬에 있다. 미야타를 중심으로 한 다섯 명 그룹이다.

다른 아이들은 야옹이 어쩌고 하는 내가 모르는 스마트폰 게임 이야기에 여념이 없다. 고양이 캐릭터가 잔뜩 나와 싸우는 게임이라고 한다. 게임에 흥미가 없어서 하나도 못 알아듣겠다. 아까부터 전혀 대화에 낄 수 없다. 과금이니, 로그인 보너스니 하는 단어가

오가고 있다. 점점 맞장구를 치기도 어려워졌다.

할머니 얼굴을 떠올리며 열심히 이야기를 따라가려 했다. 왜냐면 친구가 없는 것은 좋지 않은 일이니까. 가족에게 걱정을 끼치는 문제니까.

"야, 마쓰오카 넌."

미야타가 하는 말이 귀에 들어오다 말았다. 갑자기 다카스기 구루미가 시야에 들어왔기 때문이다.

세계 지도에서 모래알만 한 크기로 그려진 외딴섬. 그녀는 거기에 있었다. 달걀말이를 젓가락으로 집어 입으로 가져가고 있다. 입술 양쪽 끝이 쓱 올라간다. 허세를 부리거나 주눅 들지 않고 달걀말이를 음미하고 있다. 그 표정을 본 순간 "미안"이라는 말이 튀어나왔다.

"어?"

"미안. 읽고 싶은 책이 있어서 내 자리로 돌아갈게."

당황한 듯 입을 헤벌린 아이들에게서 등을 돌렸다.

도서실에서 빌린, 세계 각국 민족의상에 놓인 자수를 모은 책을 펼쳤다. 미야타나 다른 아이들이 이 책에 관심을 보일 리는 없다. 이해해 줄 리 없다. 사실은 《메이지 시대 자수 회화 명품집》이라는 커다란 도록

47

을 읽고 싶었다. 아쉽게도 그 책은 대출 불가 도서였다. 어떻게 실을 차곡차곡 수놓았는지, 파고들 기세로 보았다. 여기는 이렇게 되고, 이렇게 되어서. 멋대로 손가락이 움직인다.

문득 고개를 드니 근처에 있던 몇몇 아이들이 이쪽을 보고 있었다. 남녀가 섞인 네 명 그룹 중 한 아이가 내 손짓을 흉내 내며 피식피식 웃었다.

"뭐야?"

생각했던 것보다 큰 목소리가 나왔다. 다른 섬에 있던 학생들도 이변을 감지하고 이쪽에 주목하는 게 느껴졌다. 미야타네 그룹도. 하지만 이제 뒤로 물러날 수 없다.

"왜, 뭐 할 말 있어?"

설마 그렇게 물을 줄 몰랐는지, 한 명이 놀란 듯 눈을 동그랗게 떴다. 그 옆에 있던 남자애가 "하? 뭐야?" 하고 뺨을 실룩거렸다.

"그쪽이야말로 뭔데."

우리가 뭐? 그러게. 그들은 서로 웅얼거리더니 시선을 피했다. 교실에 다시 평소의 소음이 돌아왔다. 멀리서 오가는 비밀스러운 속삭임과 웃음소리가 귓불을 따끔하게 스쳐 갔다.

교문을 나서는데 기요 군, 하고 부르는 소리가 들렸다. 뒤를 돌아본 순간 거친 바람이 불었다.

기요 군. 다카스기 구루미는 초등학교 저학년 때와 똑같은 호칭으로 나를 부른다. 당시에는 나도 그녀를 '구루미 짱'이라고 친근하게 불렀지만 고학년이 되면서 대화할 기회가 줄어, 지금은 어떻게 불러야 할지 모르겠다.

"다카스기. 구루미. 어느 쪽으로 부르는 게 좋을까?"

"어느 쪽이든."

성이 다카스기라는 이유만으로 학원 아이들에게 '신사쿠'라고 불리던 때가 있어서 싫었다, 그러니 신사쿠만 아니면 뭐라고 불러도 상관없다는 것이었다.

"다카스기 신사쿠* 싫어해?"

"싫지는 않은데, 조금 더 오래 살고 싶어."

"그렇구나. 그럼…… 구루미라고 부를까."

---

* 1839-1867, 일본의 정치가. 현재의 야마구치현에 해당하는 조슈번에서 민병대를 창설해 막부 타도의 선봉에 섰다.

걷다 보니 운동장에 있는 야구부와 축구부 부원들 목소리가 점점 멀어졌다. 오늘은 세상이 온통 노르스름해서 멀리 있는 산이 흐릿하게 보였다. 봄은 항상 그렇다. 모든 윤곽이 모호해진다.

"야마다네 일은 너무 신경 쓰지 마."

"야마다가 누군데?"

내 손짓을 흉내 내며 웃은 게 야마다라는 녀석인 듯했다.

"우리하고 같은 중학교 나왔어."

"기억 안 나."

사람들은 흔히 개성이 중요하다고들 하지만, 학교보다 더 '개성을 존중하고 육성하는 일'에 부적합한 곳은 아마도 없을 것이다. 시바견 무리에 섞인 나폴리탄 마스티프. 혹은 포메라니안. 집단 속에서 환영받는 개성은 기껏해야 그 정도이다. 개들의 집단에 집오리가 끼면 다들 어쩔 줄 모른다.

집오리는 집오리 무리에 섞여 있으면 분간할 수 없지만, 그 정도밖에 안 되는 개성이라도 학교에서는 버거워한다. 동화되지 못한다. 행동을 따라하는 시늉을 하며 피식피식 웃는다.

"괜찮아. 익숙하거든."

하지만 신경 써줘서 고마워. 그렇게 말하며 옆을 봤더니 구루미가 없었다. 몇 미터 뒤에서 웅크리고 있다. 잿빛 돌을 집어 들더니 진지하게 관찰하기 시작했다.

"뭐 해?"

"응, 돌."

응, 돌. 도저히 대답이라고 할 수 없다. 입학식 날 "돌을 좋아한다"고 말했던 건 물론 똑똑히 기억하고 있지만 설마 길가의 돌멩이를 주울 줄은 몰랐다.

"집에 갈 때 항상 돌을 주워?"

"항상 그런 건 아니야. 보통 주말에 찾으러 가. 강가나 산으로."

"주말에? 일부러?"

"그리고 매끈매끈 반짝반짝해질 때까지 줄로 다듬어."

방과 후 시간은 전부 돌을 연구하는 데 쓰고 있다고 한다. 얼마나 예뻐지는데. 그렇게 말하는 뺨이 살짝 발그레했다.

주머니에서 꺼내 보여준 돌은 삼각김밥 같은 모양

이었다. 그러고 보니 정말 잘 다듬었다. 만져봐도 된다고 해서 손을 뻗었다. 손끝으로 한참 매끌매끌한 감촉을 즐겼다.

"아까 주운 돌도 다듬을 거야?"

구루미는 잠시 고민하다가 이건 아마 안 다듬을 거야, 라고 대답했다.

"다듬어지는 게 싫은 돌도 있거든. 이 돌은 매끈매끈 반짝반짝해지고 싶지 않다고 말하고 있어."

돌에게는 돌의 생각이 있다. 진지한 얼굴로 농담 같은 소리를 하는데, 무슨 뜻인지 모르겠다.

"돌이 뭘 생각하는지 알아?"

"그건 아니지만 항상 알고 싶어. 게다가 꼭 반짝반짝해야 예쁜 건 아니잖아. 울퉁불퉁 거친 돌의 아름다움이란 것도 있으니까. 그런 점은 존중해 줘야지."

그럼 안녕. 그 인사가 너무 갑작스럽고 건조해서 화가 난 줄 알고 순간 당황했다.

"기요 군, 이대로 쭉 가지? 나는 이쪽이라."

강변길로 한 걸음 내디디고는 뒤를 돌아보았다. 씩씩하게 걸어가는 구루미의 뒷모습은 커다란 가방이 이동하는 것처럼 보였다.

돌을 다듬는 게 즐겁다는 말도, 돌의 생각이라는 말도 잘 이해할 수 없었다. 이해할 수 없어서, 재미있다. 이해하지 못하는 일을 경험하는 것. 비슷한 사람들끼리 "알아, 알아" 하고 공감하는 것보다 그편이 즐겁다.

주머니 속에서 스마트폰이 울리더니 미야타가 보낸 메시지가 떴다.

— 점심때 혹시 화났어? 내가 뭐 이상한 소리 했어?

아니야. 소리 내 말할 뻔했다. 미야타는 아무 잘못도 하지 않았다. 그저 그때 깨닫고 말았을 뿐이다. 내가 즐거운 척 연기하고 있다는 사실을.

언제나, 혼자였다.

교과서를 깜빡 잊었을 때 편하게 빌릴 상대가 없으면 불안하다. 혼자서 도시락을 먹는 건 쓸쓸한 일이다. 하지만 외로움을 감추기 위해 좋아하는 일을 좋아하지 않는 척하기는, 좋아하지 않는 것을 좋아하는 척하기는 훨씬 더 쓸쓸한 일이다.

좋아하는 것을 추구하는 것은 즐거운 동시에 몹시 고통스럽다. 그 고통을 참을 각오가 내게 있을까.

메시지를 입력하는 손가락이 심하게 떨렸다.

─아니야. 정말 책을 읽고 싶었을 뿐이야. 자수 책.

주머니에서 손수건을 꺼냈다. 할머니가 칭찬해 준 고양이 자수를 찍어서 사진을 보냈다. 곧바로 읽음 표시가 떴다.

─이렇게 자수를 놓는 게 취미야. 게임 같은 건 사실 전혀 관심이 없어서 내 자리로 돌아가고 싶었어. 미안해.

주머니에 스마트폰을 집어넣었다. 몇 걸음 걸어가는데 다시 스마트폰이 울렸다.

─와, 엄청 잘하는데? 마쓰오카 너 대단하다.

그 메시지를 몇 번이고 다시 읽었다.

이해해 줄 리가 없다. 어째서 멋대로 그렇게 생각했을까?

지금까지 만난 사람이 모두 그랬으니까. 그렇다 해도 미야타는 그들이 아닌데.

어느새 또 운동화 끈이 풀려 있었다. 몸을 웅크린 순간, 강에서 물고기가 첨벙 뛰어올랐다. 물결이 몇 겹으로 퍼져 나간다. 햇빛을 받은 강의 수면이 바람에 일렁거렸다. 환한 빛에 눈이 시려서 살짝 눈물이 맺혔다.

반짝이는 빛. 일렁이는 흐름. 눈에는 보여도 형태가 없는 것은 만질 수 없다. 손으로 떠서 간직할 수 없다. 해가 기울면 순식간에 사라진다. 그렇기에 아름답다는 걸 알고 있어도, 바라게 된다. 천 위에 저걸 재현할 수 있다면. 그러면 손가락으로 만져서 확인할 수 있다. 몸에 두를 수도 있다. 그런 드레스를 만들고 싶다. 입어줬으면 좋겠다. 모든 것을 '부담스럽다'며 멀리하는 누나이기에 더욱. 반짝이는 빛. 일렁이는 흐름. 어차피 만질 수 없다며 포기할 필요는 없다. 분명, 할 수 있을 테니까.

어떤 천을 어떤 형태로 재단하고 어떤 장식을 하면 좋을까. 그런 생각을 하기 시작했더니 가만있을 수가 없었다.

그리고 내일. 내일, 학교에 가면 미야타에게 야옹이 어쩌고 하는 그 게임을 가르쳐달라고 해야지. 좋아하지 않는 것을 좋아하는 척할 필요는 없다. 하지만 나는 아직 미야타와 다른 아이들을 잘 모른다. 알려고 하지 않았다.

운동화 끈을 질끈 고쳐 매고, 걸음을 서둘렀다.

제2장

우
산
아
래
서

곤노 씨가 준 우산은 하늘색이었다. 비 오는 날 쓰는 물건인데, 맑은 하늘처럼 밝은색.

특별한 기념일도, 생일도 아니었다. 사용하던 비닐 우산이 너무 낡아 보여서. 그것이 갑작스러운 선물의 이유였다.

"미오는 여성스러운 건 거북해하잖아."

결혼 약속을 하기 전, 연인이 되기도 훨씬 전에 했던 말을 곤노 씨는 잊지 않고 있었다. 정확히는 "귀여운 건 거북해"였지만, 맞다고 고개를 끄덕였다. 곤노 씨에게도 '귀엽다'는 건 곧 '여성스럽다'는 뜻이구나, 그런 생각을 하면서.

하늘색 우산에 파란 점들이 프린트되어 있다. 한색 계라서 여성스럽지 않다고 판단한 걸까. 아직 한 번도 쓴 적 없다. 그 색과 무늬는 아버지가 선물했던 원피스를 떠오르게 한다.

거실 텔레비전에서 "당분간 장마가 계속됩니다. 외출할 때는 우산을 챙기세요"라는 목소리가 들렸다. 어머니는 대략 10년 전부터 매일 아침 같은 뉴스 프로그램을 본다. 일기예보 코너는 항상 야외에서 중계한다. 기상예보를 읽는 사람은 10년 사이 몇 번이나 바뀌었지만 젊고 예쁜 여자라는 점만은 항상 똑같다.

비가 오는 날은 우산을 쓰고, 눈이 오는 날은 부드러운 코트를 껴입고 하얀 숨을 토하며 날씨를 전한다. 어째서 실내에서 하면 안 되는 걸까, 멍하니 생각하며 토스트를 입으로 가져갔다. 베어 물고, 씹고, 베어 물고, 씹고. 기계적으로 반복한다. 아침에는 음식 맛을 잘 모르겠다.

"우산 챙겨 가."

텔레비전 속 캐스터가 이미 한 말을 어머니가 굳이 또 말한다. 내게 말한 건지, 남동생 기요스미에게 말한 건지 모르겠다. 아침은 언제나 셋이서 먹는다. 할머니는 아침잠이 많아서 이 시각에는 아직 주무신다.

우산, 우산, 우-산. 부엌에서 어머니가 고장 난 녹

음기처럼 반복했다.

"아, 알았어요, 알았어."

기요스미가 성의 없이 대답하자 그제야 '우산' 돌림노래가 멈췄다.

커피에 우유를 주르르 부으며 무심하게 컵을 쥐는 동생을 멍하니 바라보았다. 눈부실 정도로 하얀 교복 셔츠를 두른 몸은 또 조금 성장한 것 같았다. 올해 고등학생이 된 기요스미의 팔다리는 최근 식물인가 싶을 정도로 쑥쑥 자라고 있다.

"카디건이라도 챙기는 게 낫지 않아?"

정신을 차리고 보니 어머니의 시선이 기요스미가 아니라 나를 향하고 있었다.

"그 셔츠, 천이 좀 얇구나."

자기 어깨를 문지르는 시늉을 한다. 어머니는 속옷이 비치는 건 몹시 부끄러운 일이라고 생각한다.

"이 위에 재킷 입을 거니까 괜찮아."

기요스미처럼 대충 대답하지 않을 것. 그것이 이집에서 '누나'라는 입장인 나의 중요한 책무다.

새 정장을 사는 게 나을지도 모르겠다. 지금 입고 있는 두 벌도 벌써 두 번째 정장이다. 회색과 남색 정장을 매일 번갈아서. 여름에도 긴 소매. 몸의 선이 드러나지 않는 천을 선택할 것. 취직했을 때 그렇게 정했다.

가장 먼저 집을 나서는 건 시청에서 근무하는 어머니다. 그다음은 기요스미. 마지막으로 나. 문단속은 하지 않는다. 할머니는 일을 하지 않으니 항상 집에 계신다.

이따금 내가 결혼해서 떠난 뒤의 이 집 상황을 상상해 본다. 지금과 그리 다르지 않을 것 같기도 하다. 학교나 직장에서 높은 확률로 "있었어?"라는 말을 듣는 타입인 나는 집에서도 역시 존재감이 몹시 옅었다.

학원 강사들은 모두들 더위를 탄다. 오늘 같은 날은 분명 다들 에어컨 온도를 낮추려 들 것이다. 카디건이 아니라 무릎 담요를 가져가야 한다.

무릎 담요. 우산. 의욕. 속으로 중얼거렸다. 오늘의 내게 필요한 것.

직장에는 전철로 다니고 있다. 밤새 비가 내린 모양이다. 노선 레일도, 빽빽이 깔려 있는 돌멩이도 젖어서 빛나고 있다.

습기로 뺨에 들러붙은 머리카락을 손가락으로 걷어냈다. 플랫폼에서 전철을 기다리는 사람들의 표정은 칙칙하다. 모두 저마다 불만을 품고 있을 것 같다. 어쩌면 "비라니 짜증 나" 정도의 불만일지도 모르지만.

보습학원 사무 업무에 애착은 없다. 남들 앞에 서서 말하는 일이 아니고, 액수는 적어도 매달 월급이 나온다면 어디든 상관없었다.

예의 바른 아이, 혹은 건방진 아이. 이유 없이 목소리가 큰 강사, 다정한 강사. 고압적인 보호자, 살가운 보호자. 어느 쪽에도 특별히 관심은 가지 않는다. 하지만 일이니까, 월급을 받고 있으니까. 상대가 좋다거나 싫다는 생각을 일일이 하지 않고, 누가 무슨 부탁을 해도 담담히 공평하게 처리하려고 애써 왔다.

"마쓰오카 씨, 성실하게 생겨서 능력 좋네."

학원에 결혼 예정을 알렸을 때, 미유키 선생이 그렇게 말했다. 학생들에게 가장 인기 있는 강사다. 능력 좋네, 라는 말에 호응하듯 주위 남자 강사들이 웃었다.

"그렇잖아, 상대는 우리 복합기 점검하러 오는 그 사람이지? 일하면서 결혼 상대를 잡은 거잖아. 굉장하지 않아?"

성실하게 생겼다는 말을 자주 듣는다. 그런 말을 듣도록 살아왔다. 귀엽다거나 여성스럽다는 말이 아니라.

키가 크고 이목구비가 뚜렷한 미유키 선생. 붉은 립스틱과 타이트스커트가 잘 어울리는 미유키 선생. 가슴께가 크게 트인 옷이 학생이나 동료 강사들의 집중력을 현저히 떨어뜨린다는 것을, 본인은 전혀 개의치 않는 눈치다.

야생 호랑이처럼 활기찬 생명력이 넘치는 미유키 선생. 저 사람은 분명 평생 모를 것이다. '성실함'으로 무장하는 내 기분은.

전철 손잡이를 붙잡고 멍하니 창밖을 바라보았다. 흘러가는 풍경에 빗방울이 겹쳤다.

보습학원에서 일하길 잘했다. 아침에 일찍 출근할 필요가 없다. 붐비는 시간과 겹치지 않는다. 일을 시작하고 그 사실을 깨달았을 때 기뻤다.

고등학생 때, 몇 번이나 치한을 만났다. 처음 피해

를 입었을 때는 공포와 역겨움으로 전철에서 내리자마자 플랫폼에서 토했다. 떠올리고 싶지 않은 일만 흘러넘친다. 손잡이를 붙잡은 채 손수건으로 입을 가리고 가쁜 호흡을 되풀이했다.

전철에서 내리니 비는 그쳐 있었다. 비닐우산 끝으로 바닥을 탁탁 치며 걷는다. 학원은 나니와바시 다리를 건너면 바로 나온다. 다리 끝에는 양쪽에 사자 석상이 있다. 한쪽은 입을 벌리고, 다른 쪽은 입을 다물고 있다. 아(阿)와 훔(吽)*.

저렇게 될 수 있다면 좋을 텐데. 나와 곤노 씨도, 아, 훔으로 통하면 좋을 텐데.

요란한 결혼식은 올리기 싫다고 말했을 때, 곤노 씨의 뭐라 표현하기 어려운 표정이 떠올랐다. 어, 피로연도 안 할 거야? 귀여운 드레스를 잔뜩 입고 싶지 않아? 난 괜찮은데, 남자니까 그런 건 잘 모르잖아, 꿈도 없고. 하지만 여자는 그런 거 하고 싶지 않아?

곤노 씨 주변의 '여자'는 그럴지도 모른다, 하지만

---

* 밀교에서 '아'는 입을 벌리고, '훔'은 입을 다물고 발음하는 자음이다. 일본어 관용 표현으로 두 사람의 마음이 일치하는 것을 아훔의 호흡이라 한다.

나는 아니다. 그것을 어디서부터 어떻게 설명해야 좋을지 모르겠다. 말해도 모를 거라는 체념이 내 진심을 깊숙이 숨긴다.

귀여운 드레스는 입고 싶지 않다. 하지만 어떻게 설명해도 그것을 이해해 줄 것 같지 않다. 곤노 씨도, 그리고 기요스미도. 당연하다, 그들은 남자니까.

학원 앞에 도착해 심호흡을 했다. 담담하게, 조용하게. 퇴근까지 필요 이상으로 감정이 흔들리지 않도록. 평소처럼 스스로를 타이르고 유리문을 잡았다.

수업을 마친 초등학생들은 다들 피곤한 표정이다. 강사가 아닌 내가 그들과 직접 얽힐 기회는 거의 없다. 그래도 가끔, 유독 사무실 직원에게 말을 거는 학생이 있다. 카운터에 기대어 눈치를 살피며 시험 결과가 나빴다느니, 오늘 저녁 메뉴는 돈가스라느니 수다를 떤다.

아이를 좋아하는 곤노 씨는 이 이야기를 들었을 때 "오, 즐겁겠다"라며 굉장히 부럽다는 표정을 지었다.

인생 경력이 짧고 몸집도 작은 인간. 내게 그들은 그저 그뿐인 존재다. 딱히 즐겁다고 생각하지 않는다. 하지만 그들을 싫어하는 마음 역시 없다. 시험 결과가 나빴다고 침울해하는 아이의 뒷모습을 '기운 내'라고 마음속으로 격려하며 배웅하고, 돈가스를 기대하는 아이에게는 진심으로 "잘됐구나"라고 말해준다.

부모의 기대를 등에 업고 조금 구부정한 자세로 걸어가는 그들. 모두 그런 것은 아니지만 자기 뜻으로 이곳에 오는 아이는 많지 않다.

나 역시 그랬다. 초등학생 때부터 학원을 다녔지만, 그것은 어머니가 그러라고 했기 때문이다.

진학도, 취직도, 가급적 '좋은 곳'을 목표로 삼아. 어머니는 아마도 자기의 그런 발언이 '부모의 기대'임을 자각하지 못했을 것이다.

언젠가 기가 막힌다는 투로 "아이에게 과도한 기대를 하는 부모도 있구나"라고 한 적이 있었다. "어차피 평범한 부모는 평범한 아이만 낳아. 나는 너희들에게 천재적인 두뇌나 특별한 재능이 있다고 기대한 적은 한 번도 없다. 열심히 공부해서 조금이라도 안정적인 업종의 회사에 들어갔으면 할 뿐이지"라는 말도.

대학에 가지 않겠다고 했을 때, 어머니는 울었다.

훌쩍. 하지만 흐느껴 울지는 않았다. 눈물을 한 방울, 똑 떨어뜨렸다.

"그래, 알았다."

그때의 어머니 표정을 지금도 잊을 수 없다.

평범한 부모는 평범한 아이만 낳는다. 하지만 어머니가 정말 그 말을 하고 싶었던 상대는 아버지일지도 모른다. 어머니가 걱정하는 것처럼 꿈을 좇으며 살고 싶었던 건 아니다. 예나 지금이나 특별히 하고 싶은 일이 없었다. 그저 성실히 일하고, 조용히 살고 싶을 뿐. 그런 내가 대학에 가는 것은 굉장히 돈 아까운 일 같았다, 그저 그뿐.

교실 문이 열리고 중학 입시 코스 학생이 우르르 나왔다. 이 시각 학원 앞 도로에는 아이를 데리러 온 차들이 줄줄이 서 있다. 한번 그쳤던 비가 다시 내리기 시작했는지 오가는 차량 라이트가 물기에 번져 보였다.

정어리나 전갱이 떼처럼 보이는 집단이 우르르 지나간 뒤에 후지에가 다리를 끌며 복도를 걸어왔다. 그녀 또한 어째선지 매번 시험 결과를 내게 말하는 학생이었다.

오늘은 드물게 아무 말 없이 시선을 떨군 채 카운터 앞을 지나갔다. 고생했어, 라고 말을 걸자 천천히 고개를 들었다.

"배가 아파서요."

후지에는 옆구리 부근을 문질렀다.

"그건 힘들겠네."

힘겹게 끄덕이는 후지에의 얼굴에는 생활에 지친 중년 여성 같은 그늘이 있었다. 다른 아이가 "후지에, 후지에"라고 불러서 고풍스러운 이름이라고 생각했는데 나중에야 그게 성이라는 걸 알았다.

"오늘은 엄마가 데리러 오지도 않는데, 짜증 나."

짜, 증, 나. 한 음절씩 끊어 말하는 소리가 바닥에 뚝뚝 떨어졌다.

"잠깐, 잠깐, 잠깐 기다려."

불러 세우는 목소리가 한심할 정도로 높게 나왔다.

"어쩌려고? 설마 혼자 돌아가는 거야?"

"그래야죠. 엄마가 오늘 야근이라 어쩔 수 없어요."

"위험한데 친구하고 같이 가지?"

"벌써 다들 먼저 갔어요."

후지에는 유리문을 밀었다. 그 손을 붙잡고 안 돼,

안 돼, 하고 되뇌었다. 혼자 보낼 수는 없다.

"혼자서는 위험해, 정말."

잠깐, 무슨 일이야? 뒤에서 미유키 선생의 목소리가 들렸다. 또각또각 구두 소리가 다가왔다.

"후지에 학생이 데리러 오는 사람 없이 혼자서 돌아가겠다고 해서요."

미유키 선생은 나와 후지에를 번갈아 바라보았다. 시간으로는 3, 4초 정도였을지 모르지만 더 길게 느껴졌다. 우리에서 풀려난 호랑이가 코를 들이대는 느낌이다.

"아, 그래."

그래서? 그게 뭐가 문제야? 그래서? 뭐가? 그래서? 뭐가? 미유키 선생의 고개가 메트로놈처럼 규칙적으로 좌우로 움직였다.

"왜냐면 위험하니까……."

"위험할지도 모르지만, 이젠 초등학교 6학년이잖아, 후지에."

"네."

"돌아갈 때 차 조심하고. 잘 가렴."

이것으로 이 이야기는 끝났다는 듯이 미유키 선생

은 짝, 손뼉을 쳤다. 반론할 말을 찾는 사이 후지에는 냉큼 밖으로 나가버렸다.

"마쓰오카 씨는 다정하네. 학생이 걱정되는 거지?"

'다!정!하!네!'처럼 들리는 괴상한 말투였다.

"하지만 어쩔 생각이었어? 집까지 데려다주려고? 아니면 택시라도 불러주려고? 당신, 혼자 돌아가는 아이만 보면 항상 그렇게 난리 치는 거 알아?"

"아니, 그런 건⋯⋯."

이봐, 마쓰오카 씨. 미유키 선생이 목소리를 낮추더니 팔짱을 꼈다. 학원에 다니는 아이라면 혼자서 귀가하는 상황에 익숙해질 필요가 있다고 역설하는 미유키 선생의 말은 잘못되었다. 하지만 어디가 어떻게 잘못되었는지 지적할 말이 나오지 않았다. 머릿속으로 문장을 구성할 수 없다. 혹시 나는 두뇌 회전이 느린 걸까.

"무책임하게 친절을 베푸는 게 불친절한 결과를 부를 수도 있어."

그런 게 아니라, 라고 반박하는 목소리가 갈라졌다. 유리문에 비친 내 모습이 어른에게 꾸지람 들은 아이처럼 보였다.

부엌 테이블에서 기요스미는 스케치북에 거의 엎드린 자세로 그림을 그리고 있었다. 어지간히 집중했는지 "다녀왔어"라고 말을 걸어도 반응이 없다.

거실 전깃불은 꺼져 있었다. 할머니도 어머니도 이미 잠든 것 같다. 정면 의자에 걸터앉아 연필을 놀리는 기요스미를 한동안 관찰했다. 얼굴이 종이에 너무 들러붙어서 그림을 그린다기보다 스케치북 냄새를 맡고 있는 것처럼 보였다.

이상한 아이다. 새삼 그런 생각이 들었다. 그럴 수밖에 없는 게, 아버지도 어머니도 닮지 않았다. 고집스러워 보이는 직선적인 눈썹과 색소가 옅은 갈색 눈동자. 대화를 하다 보면 이따금 멋쩍어진다. 너무 똑바로 눈을 쳐다보니까.

기요스미는 아직 내 존재를 깨닫지 못했다. 집중하는 건 좋지만 저래서야 근시로 가는 지름길이다. 살짝 머리를 때리자 그제야 고개를 들었다.

"……깜짝이야."

"다녀왔어."

"언제 왔어? 전혀 몰랐어."

연필을 이상하게 쥐는 기요스미의 손목은 연필심

이 묻어 새까맸다. 어머니는 바르게 쥐는 법을 가르치려 분투했지만 헛수고로 끝났다. 기요스미는 그렇게 쥐어도 글씨도 그림도 멀쩡하게 그릴 수 있고, 손은 나중에 씻으면 된다며 굽히지 않았다.

"우유 마셔야겠다. 누나도 마실래?"

머그컵 두 개에 똑같이 우유를 따르더니 하나를 전자레인지에 넣었다. 나는 차가운 우유를 못 마신다. 동생은 그걸 잊지 않고 기억하고 있었다.

"꿀 넣을 거지?"

"아, 그건 내가 할게."

"됐어, 해줄 테니까 그동안 그것 좀 봐."

기요스미가 스케치북을 가리켰다.

"드레스 디자인, 고민해 봤어."

사실 마음 같아서는 결혼식 자체를 올리고 싶지 않았다. 하지만 곤노 씨의 어머님이 "결혼식은 남들에게 알리는 자리이기도 해. 하지 않을 거면 답례품을 들고 친척들 집집마다 찾아가야 하는데, 그건 번거롭잖니?"라고 찬찬히 설득해서 수긍하고 말았다. 그 말도 일리가 있었다. 번거로운 건 나도 좋아하지 않는다.

셀프 웨딩이라고 하면 듣기엔 좋지만 사실은 유난 떨지 않고 소박하게 끝내고 싶었을 뿐이다. 결혼식장에서 제시한 구성안은 하나같이 민망할 정도로 번드르르하고 휘황찬란해서 현기증이 날 정도였다.

비용도 절약할 수 있으니 우리끼리 준비하거나 만들 수 있는 건 가급적 그렇게 하자. 곤노 씨와 의논해서 그러기로 결정했다.

기요스미가 "그럼 내가 누나 웨딩드레스를 만들래"라고 말했을 때, 놀라긴 했지만 한편으로는 역시나 하는 생각도 들었다. 옛날부터 유난히 바느질만 해대는 아이였다. 처음에는 아버지를 동경하는 건가 싶었지만 차츰 순수하게 재봉을 즐길 뿐이라는 것을 알았다.

아버지는 패션 전문대를 졸업한 후에 의류 브랜드에서 일했다. 그것도 어머니와 이혼하기 전의 이야기일 뿐, 지금은 전문대 시절 동급생이었던 구로다라는 남자의 회사에 취직해 디자이너 나부랭이 같은 일을 하고 있다고 들었다. 기요스미는 자주 만나는 것 같지만 나는 벌써 몇 년째 아버지와 얼굴을 마주하지 않아서, 그렇게 들었다는 말밖에 할 수 없다.

개수대에 손을 담근 기요스미가 안절부절못하는 기색으로 이쪽을 살폈다.

"왜?"

"스케치북. 빨리 봐."

"아아"와 "응"의 중간 정도, 열의 없는 대답을 하고 말았다.

네 모서리가 힘없이 하얗게 꺾인 표지를 펼치자 머메이드라인 드레스 그림이 나왔다. 몸에 딱 붙는 실루엣. 어깨끈도 없고 가슴께에 화살표와 함께 '리본 자수 추가'라는 체크 사항이 적혀 있다.

노출 부위가 너무 크다. 관자놀이를 누르며 페이지를 넘겼다. 다음 드레스는 스커트 부분이 한껏 크게 부풀어 있었다. 이 아이는 '심플'이라는 내 요구를 못 들은 걸까.

"어때?"

"디즈니 공주님 같아."

"그래? 공주님 누구?"

공주님은 공주님이지 누구냐고 물으면 난감할 뿐이다.

"……여기, 허리께에 붙어 있는 커다란 리본은

뭐야?"

"리본은 리본이지. 장식이야."

"심플한 드레스로 만들어달라고 했잖아."

"심플하잖아, 웨딩드레스치고는."

가슴께가 너무 파였어. 드레스는 다 이래. 난 이런 건 입기 싫어. 옥신각신 끝에 기요스미가 들으란 듯이 한숨을 쉬며 스케치북을 밀었다. 연필을 내 쪽으로 굴리더니 부루퉁한 표정을 지었다.

"그럼 어떤 드레스가 좋은지 좀 그려봐."

그림은 서툴다. 아무리 노력해도 음악과 미술 성적은 중간이었다. 하지만 이대로 두면 원치 않는 드레스를 입어야 한다.

"긴소매에, 몸매가 별로 드러나지 않고, 길이는 너무 길어도 너무 짧아도 안 돼……."

"드레스가 아니잖아!"

내가 스케치북 구석에 그린 그림을 힐끗 본 기요스미가 외쳤다.

"이런 건 위생복이야!"

차라리 정말 위생복이 나을지도 모르겠다. 색도 하

얇고. 울적하게 그런 생각을 하면서 뜨거운 물에 턱까지 담갔다. 욕실 벽 타일의 실금을 바라보면서 기요스미의 말을 곱씹었다.

"드레스 입는 게 뭐가 그리 싫어? 정말 이해가 안 가."

탓할 생각으로 하는 말은 아닌 것 같았다. 순수하게 '이해가 안 간다'는 감정을 쏟아내는 동생에게 한마디도 반박할 수 없었다.

남자니까 이해하지 못할 거야. 그냥 그런 생각이 들고 만다. 입을 열기 전에, 말로 하기 전에 체념하고 만다.

'남자니까'는 이유가 아닐지도 모른다. 타인이니까.

이불 속으로 파고들자 제대로 말린 줄 알았던 머리카락이 아직 조금 축축한 것 같았다. 이대로 자면 아마 머리가 뻗칠 테지만 다시 세면실로 돌아갈 기력이 없다.

어째서 이렇게 피곤한지 모르겠다. 다들 지금이 최고로 행복할 때라고 하는데. 그런 말을 듣기 때문일지도 모른다. 지금이 최고라면 이제부터는 그렇지 않다는 건가 의심하고 만다.

뭐가 그리 싫어? 기요스미의 목소리가 다시 되살아났다.

초등학교 6학년 때였다. 후지에와 같은 학년일 때.

학원에서 돌아오는데 주위가 이미 어두웠다. 여름철 저녁은 언제까지고 밝다가 눈 깜짝할 사이에 밤이되어 놀란 기억이 있으니, 가을에 있었던 일이다.

그 남자가 도로 반대편에서 걸어왔을 때, 처음에는 아버지인 줄 알았다. 몸집이 비슷했으니까. 아니라는걸 알았을 때는 이미 눈앞에 다가와 있었다.

반사적으로 걸음을 돌려 달아났다. 잠깐 기다려, 잠깐. 남자의 목소리는 웃고 있는 것 같았다. 웃으며쫓아왔다. 어린애 뜀박질을 따라잡는 건 식은 죽 먹기라는 듯이 느긋하게 실실 웃고 있었다.

비명을 지르고 싶었지만 목소리가 나오지 않았다. 쌕쌕거리는 숨소리만 새어 나왔다. 쉭 하는 소리가나더니 남자는 그대로 나를 추월해 달려갔다. 떠나가며 "귀엽네"라는 말을 남기고.

귀엽네. 찐득하게 들러붙는 목소리가 불쾌감과 함께 오래도록 귓가에 남았다.

달려서 집으로 돌아온 나를 맞이한 건 할머니였다.

"치마가 찢어졌구나."

할머니의 말을 듣고서야 깨달았다. 그때 들린 '쉭' 소리는 커터 칼 같은 것으로 치마를 찢는 소리였다. 잔주름이 잔뜩 들어간 치마는 오건디 천을 씌운 풍성한 디자인이라 살까지 닿지 않아 다치지는 않았다. 그 시절의 나는 그런 옷만 입었다.

힘들지도 모르지만 자세히 얘기해 보렴. 할머니가 그렇게 설득해서 그날 바로 경찰서에 갔다.

이튿날, 학교에 알리러 온 것도 할머니였다. 담임은 남자 교사였다. 함께 자리에 앉은 교감도. 찢긴 치마를 보자마자 두 사람은 "하늘하늘하네", "너무 여자애 티가 나는 옷이라서 눈에 띈 것 아니냐"라고 앞다투어 말했다. 하늘거리는 옷을 입어서 표적이 되었다는 소리로 들렸다.

"마쓰오카, 누가 몸을 건드린 건 아니잖니. 그나마 다행인 거지."

"다행이라니요?"

할머니의 목소리가 떨렸다. 그런 말로 위로가 된다고 생각하지 마세요, 타인의 상처를 경시하는 것뿐입니다. 할머니가 그렇게 단호하게 말해 주지 않았다면 나는 훨씬 오랫동안 고통받았을 것이다.

졸업할 때까지 그 담임의 얼굴을 보는 게 고역이었다. 더 이상 치마를 입고 싶지 않았다. 치마가 신경 쓰이기 시작하니 다른 것들도 신경 쓰였다. 블라우스에 달린 레이스, 양말 색, 머리카락 길이 같은 것들이.

귀여운 게 싫다. '여자애 티가 나는' 차림은.

그해 크리스마스 즈음, 아버지가 집에 찾아왔다. '양육비'를 든 아버지가 현관 앞에서 몹시 어색한 듯 머플러에 코끝을 묻고 있었던 것을 기억한다.

"여기, 선물."

포장지도 리본도 없는 갈색 종이봉투에, 그래도 깔끔하게 접어서 넣은 하늘색 원피스가 들어 있었다. 상표도 무엇도 붙어 있지 않은 원피스. 아버지가 직접 만들었다는 걸 금세 알아차렸다.

옆에는 똑같은 종이봉투를 받아든 기요스미가 있었다. 내용물도 기억한다. 파란색 에코백이다. 캔버스 같은 원단으로 아무 장식도 없었다. 아마 그것도 아버지가 직접 만들었을 것이다. 준비물 가방으로 쓰면 좋겠다고 생각한 걸지도 모르지만, 받아든 기요스미는 시무룩한 표정이었다. 그럴 법도 하다. 그런 걸 받고 기뻐할 다섯 살 어린이는 없다.

"어때? 미오."

물방울무늬인 줄 알았던 그 모양은 자세히 보니 빗방울 모양이었다. 원단을 아낌없이 쓴 치맛자락을 들어 올리자 공기를 머금고 풍선처럼 부풀어 올랐다.

"필요 없어."

엇, 하고 중얼거리고는 우뚝 굳어버린 아버지를 보고 있으려니 큰소리로 화를 내고 싶었다. 얼마 전이었다면 분명 기뻤을 것이다. 기뻐할 수 있었다. 귀여운 옷, 아빠 고마워요, 하고 웃을 수 있었다. 하지만 지금은 아니다. 이 옷을 기뻐하지 못하게 된 이유를 이 사람은 모른다. 한집에 살지 않으니까. 우리 곁에 없으니까. 내가 이미 변해 버린 사실을, 아버지는 모른다.

"절대, 안 입어."

원피스를 바닥에 내동댕이치고 그대로 내 방에 틀어박혔다. 헐레벌떡 복도를 달려오는 발소리와 "일단 돌아가"라고 말하는 어머니의 목소리가 들렸다.

아빠, 또 올 거야? 다음엔 언제 와? 그렇게 묻는 기요스미의 목소리도 들렸다. 머리까지 이불을 뒤집어 쓰고 귀를 막았기 때문에 아버지가 뭐라고 대답했는 지는 모른다.

지금도 누가 귀엽다고 말해 주면 귓속이 조금 근질 거린다. 그 말에 불순한 의도가 있지 않은지 의심하 고 만다. 가령 어린아이의 치마를 찢고 싶다는 욕망, 음험한 감정, 악의. 수많은 소음 속에서 필사적으로 귀를 기울여 감지하려 한다. 귀엽다니 무슨 뜻이야? 어떤 의미로 하는 말이야?

후지에는 무사히 집에 도착했을까. 하다못해 우산 이라도 빌려줄 걸 그랬다. 자리에서 뒤척이며 어둠을 노려보았다. 거기에는 낯익은 가구의 윤곽만이 존재 했다.

"기요스미는 착하네."

곤노 씨가 테이블에 놓인 덮밥 뚜껑을 열자 김이 모락모락 일어 넥타이 무늬가 흐릿해졌다. 달걀과 육 수, 고명으로 얹은 반디나물의 향기가 한꺼번에 밀려 들었다.

오늘은 오후 2시 출근이지만 곤노 씨 점심시간에

82

맞춰서 조금 일찍 집을 나섰다. 하객 리스트를 건네자 "응, 확실히 접수했어"라며 중요한 서류라도 되는 것처럼 두 손으로 받아 가방에 넣는다.

요란하지 않은 결혼식이 좋다는 제안에 가장 기뻐한 것은 곤노 씨 어머님일지도 모른다. "알뜰하고 조신한 아가씨"라고 몹시 호의적으로 해석해 주었다. 그분이라면 앞으로도 잘 지낼 수 있을 것 같다.

곤노 씨가 초등학생 때 아버지가 병환으로 세상을 떠난 후로 줄곧 힘을 합쳐 살아왔다는 두 사람은 서로 많이 닮았다. 어린아이나 동물을 보면 기쁜 듯 가늘어지는 눈매나 반듯하게 뻗은 등이. 잘 웃는 점이.

"누나를 위해 드레스를 짓고 싶다니. 그런 기특한 동생이 어디 있어?"

"기특……."

곤노 씨는 기요스미와 한 번 만난 적이 있다. 말수가 많은 편이 아니니, 소극적인 다정함을 지닌 얌전한 소년으로 보였을지도 모른다.

격류, 혹은 폭포. 기요스미를 보면 그런 것들이 떠오른다.

그 아이가 생각하는 건 '직접 만든 드레스로 누나

를 기쁘게 해주겠다'는 깜찍한 의도가 아니다. 마음
껏 천과 실을 쓰고 싶다는 욕구를 온몸으로 뿜어내고
있다. 그렇기 때문에 눈부시다. 그리고 아주 조금, 무
섭다. 자기 안에 격류를 갖지 못한 사람은 그 기세 앞
에서 망연히 멈춰 설 수밖에 없다.

"심플한 디자인으로 해달라고 말했는데, 하나도 못
알아들어."

"정말 제대로 말했어? 반론당해서 바로 체념한 건
아니야?"

정곡을 찌르는 말에 입을 다물 수밖에 없었다.

"그나저나 말이야."

어느새 덮밥을 절반쯤 먹은 곤노 씨가 일단 가방
에 넣었던 리스트를 꺼냈다. 지하에 있는 이 가게는
아직 점심 전인데 이미 7할 넘게 자리가 찼다. 회사원
으로 보이는 남자들 사이에 여자가 몇 명 섞여 있다.
어머니보다는 나이가 많고 할머니보다는 조금 젊은
여자들. 전철 안에서도 거리에서도 저 정도 나이대
의 여자가 많이 보이는 것 같다. 가장 활기찬 연령대
일까.

"적지 않아? 더 안 부를 거야?"

친척과 친구 이름을 몇 명 적고 나니 손이 멈추고 말았다. 학원에는 '가족끼리 하는 스몰웨딩'이라고 말해 둬서 직장 동료 이름은 쓸 수 없다.

"우리는 친척들하고 교류가 적어. 친가 친척들은 만난 적도 없고."

"그래도 장인어른은 부르지 그래?"

입을 다물고 있자 곤노 씨는 조금 난처한 표정을 지으며 눈썹 위를 긁적거렸다. 어른이 된 지금 '절대 결혼식에 부르고 싶지 않다'고 생각할 만큼 아버지에게 맺힌 감정은 없다. 다만 부르면 분명 어머니의 심기가 언짢아질 것이다.

"그럴까? 하지만 부부는 이혼했어도, 부모는 부모 잖아."

곤노 씨는 친가 친척들도 초대한다고 했다. 부모는 부모. 곤노 씨다운 발상이다. 사별 후에도 아버지의 성을 그대로 따르고, 설날과 백중에는 꼭 아버지의 친가(곤노 씨는 '본가'라고 표현한다)에 인사하러 간다고 한다.

"오늘 외근은 몇 군데나 더 들러야 해?"

시선을 떨군 채로 화제를 돌렸다. 함께 있을 때, 눈

을 바라보는 시간보다 훨씬 오래 곤노 씨의 손을 바라보는 것 같다.

"오후에는 두 군데."

복합기를 점검해 주러 오는 사람. 곤노 씨에 대한 인식은 그 정도뿐이었다. 얼굴도 제대로 보지 않았다. 떨어뜨린 펜을 그가 주워주기 전까지는.

내가 떨어뜨린 펜이 데굴데굴, 복합기 앞에서 몸을 수그리고 있던 곤노 씨 발치까지 굴러갔다. 곤노 씨는 주워 든 펜에 묻은 먼지를 손끝으로 툭툭 털더니 일어서려는 나를 한 손으로 만류하고 다가왔다.

"이 펜, 쓰기 편하죠. 저도 애용하고 있어요."

아무 소리도 내지 않고 내 책상 위에 펜을 내려놓았다. 편의점에서 백 엔 조금 넘는 돈으로 살 수 있는 펜을 마치 귀한 보석처럼 다루는 그 손과, 다정해 보이는 미소와, 복합기를 점검하면서 맺힌 듯한 이마의 땀이 한꺼번에 눈에 들어왔다.

그것을 '어떠어떠했다'고 표현할 어휘가 내 안에 없다는 사실이 답답하다.

손목시계를 본 곤노 씨가 한숨을 내쉬었다.

"벌써 가야 해?"

"응. 미안해."

계산서를 들고 일어서는 순간, 가볍게 어깨를 감싸는 손. 이 사람이라면, 이 손이라면 닿아도 분명 싫지 않을 거라는 직감은 옳았다. 곤노 씨는 나를 위협하지 않는다.

햄버그, 카레, 우동. 식당이 늘어선 지하상가의 냄새는 뒤죽박죽이다.

미오는 귀여워. 곤노 씨는 예전에 그런 말을 자주 했다. 그만하라고 거부하자 정말 어리둥절한 표정으로 고개를 갸웃거렸다.

"왜?"

"그냥."

굳은 표정으로 말하자 "알았어, 잘은 모르겠지만 알았어. 앞으로 말하지 않을게"라고 두 손을 들었다. 항복한다는 듯이.

약속을 지키는 사람이다. 그 후 다시는 "귀엽다"는 말을 입에 담지 않았다.

"기요스미하고 차분히 얘기해 봐. 드레스 문제는."

"글쎄. 그 애, 뭐든 자기가 하고 싶은 대로 하는 애라."

"그럼 동생한테 전부 맡길 거야?"

"그건 싫지만⋯⋯."

아, 정말! 곤노 씨가 갑갑하다는 듯 머리를 긁으며 걸음을 멈췄다. 뒤에서 걸어오던 사람이 지나가면서 거치적거린다는 듯 쳐다보았다.

"어떻게 해주길 바라는지, 똑바로 말로 전해야 해."

미오가 생각하는 '심플'과. 그렇게 말하며 곤노 씨가 한 손을 들었다.

"기요스미가 생각하는 '심플'은 지금."

다른 쪽 손도 들어 올린다. 두 손을 펼친 채로 "이 만큼이나 떨어져 있어"라고 말을 이었다.

"그걸, 이렇게."

이렇게 해서, 이렇게. 팔을 겹친다.

"이해해?"

"뭐야, 광선이라도 쏘는 거야?"

"아니야. 지금 하는 얘기는 그게 아니잖아."

강하게 반박했지만 그렇게 묻고 싶어질 만큼 곤노 씨의 자세는 울트라맨의 동작과 흡사했다.

"두 사람의 의견이 겹치는 여기, 이 지점까지 서로 의논하라는 얘기야."

어깨를 들썩여 겹친 부분을 강조했다.

"······응."

"표현하려는 노력도 하지 않으면서 '이해해 주지 않는다'고 불평하는 건 잘못이야."

행인들이 몇 명이나 우리 옆을 지나갔다. 그러네, 라고 대답하는 목소리가 갈라져서 지하상가의 소음에 묻혔다.

표현하려는 노력. 표현하려는 노력. 입으로 중얼중얼 되뇌며 복합기가 토해 내는 프린트가 차곡차곡 쌓이는 모습을 바라보고 있었다.

복사 작업은 싫지 않다. 서류를 만들거나 사무실을 깨끗하게 청소하는 것도.

누구나 할 수 있는 일일지 모른다. 하지만 누군가 하지 않으면 다른 일이 정체된다.

미유키 선생이 옆으로 다가왔다.

"복사하시려고요?"

"후지에, 그날 잘 돌아갔대."

내 목소리와 미유키 선생의 목소리가 겹쳤다.

그러고 나서 집에 전화해 봤어. 그렇게 말하며 고

개를 숙이는 미유키 선생은 나와 눈을 마주치려 하지 않았다.

"그랬군요."

고맙다고 말하는 것도 이상한 것 같아 쌓여가는 프린트를 계속 바라보았다.

"……어렸을 때, 무서운 게 정말 많았어요."

나는 대체 무슨 말을 하는 걸까. 입은 멋대로 움직이는데 모르겠다. 나는 대체 미유키 선생에게 무엇을 전하고 싶은 걸까? 잠자코 듣는 미유키 선생 역시 복합기에서 나오는 프린트를 바라보고 있다.

"하지만 제가 무섭다고 생각하는 걸 주위 사람들이 '그런 건 전혀 큰 문제가 아니다'라고 단정 짓는 게 더 무서웠어요. 지금도, 지금도 그래요."

삐 소리와 함께 복합기가 동작을 멈추었다. 용지 부족을 알리는 메시지가 작은 화면에 떴다.

"그건 다들 그래."

미유키 선생이 복합기 옆에 쌓인 용지 다발을 들어 내게 건넸다. 정면에서 마주 보는 자세가 되었다.

"아, 다 그러니까 참으라는 뜻은 아니야."

"네."

미유키 선생과 시선이 엉켰다. 입을 열려다가 다시 다무는 그녀는 어쩐지 평소보다 우물쭈물하는 것 같았다.

"복사할 게 많은데, 항상 고마워."

내게 복사용지 다발을 떠안기고 빙글 몸을 돌린다. 용지를 보충해 달라고 조르는 삐 소리가 또 울렸다.

미오는 어쩌고 싶어? 곤노 씨는 자주 그렇게 묻는다. '표현하려는 노력을 하지 않는다'는 건 어쩌면 우리 남매 이야기가 아니라, 나의 평소 태도에 대한 쓴소리일지도 모른다.

발치에서 웅크리고 줄자를 정리하던 할머니가 문득 고개를 들었다.

"그럼 사이즈 좀 재자."

휴무일인 오늘은 하루 종일 집에서 느긋하게 쉴 예정이었다. 빨래를 널고 있는데 할머니가 다가와서 사이즈를 재자고 했다.

"하지만 아직 디자인도 안 정했는데."

"어떤 디자인으로 하든 사이즈 측정은 필요하잖니."

그래서 몇 년 만에 할머니 방에 들어갔다.

"기요하고 사쓰코가 돌아오기 전에 해치우자꾸나."

"응."

"다 재고 나서 케이크 먹으러 갈까? 두 사람한테는
비밀로."

케이크. 멋진 제안이라는 듯 할머니가 장난스럽게
눈을 빛냈다. 아주 잠깐, 어렸을 때로 돌아간 듯한 착
각이 들었다. 옛날부터 "비밀이다" 하고 몰래 과자를
줬었다. 누나라는 건 이래저래 양보하게 되니까, 그렇
게 말하는 할머니 역시 다섯 남매 중 장녀였다.

방을 둘러보았다. 전보다 물건이 줄어든 것 같다.
예전에는 항상 차탁 위에 흩어져 있던 천 조각이나
털실이 없는 탓도 있지만, 물건 자체가 줄었다.

"나도 이제 살날이 얼마 안 남았으니까. 조금씩 물
건을 정리하고 있단다."

내 시선을 알아차렸는지 그렇게 말하는 할머니에
게 가슴이 철렁했다.

"뭐야, 무슨 소리야, 아직 팔팔하잖아."

"일흔이 넘었으니 이제 언제 어찌 될지 모르지."

할머니가 그런 생각을 하고 있을 줄은 상상도 못

했다. 뭐라고 대답해야 할지 몰라 입을 꾹 다물었다.

줄자가 몸을 휘감는다. 어깨를, 팔을, 차례로 잰다. 할머니는 옆에 둔 공책에 숫자를 적으며 말랐네, 하고 한숨을 쉬었다.

"할아버지도 떠나보냈고, 미오도 결혼하면 이제 마음에 걸려서 편히 눈을 못 감을 일도 없으니 행복한 팔자지."

사쓰코는, 하고 자기 딸 이름을 말하더니 뭐가 우스운지 살짝 웃었다.

"네 엄마는 무슨 일이 있어도 스스로 알아서 할 테고."

"기요는?"

"그 애라면 괜찮다."

기요는 자기가 되고 싶은 사람이 될 것이다. 그렇게 신뢰받는 남동생에 대한 선망. 거기에 희미하게 탁한 색이 섞인다. 너는 좋겠네, 하고 밉살스럽게 한숨을 쉬고 싶은 그런 흉하고 어두운 마음.

"좋아하는 일만 하면서 살고 싶다는 건 안일한 소리 아닐까? 나는 어쨌거나 견실한 인생이 좋아. 지금은 그렇게 뜬구름 같은 꿈을 꿀 수 있는 시대가 아니야."

연필을 놀리던 할머니가 돋보기안경을 내리더니 눈길을 들어 나를 쳐다보았다.

"시대?"

"그렇잖아."

"이런 시대니까 '견실함'이 담보가 못 되는 것 아닐까."

할머니가 짓는 희미한 미소가 무엇을 뜻하는지 모르겠다. 한심함, 연민, 혹은 좀 더 다른 무언가. 거북한 마음에 시선을 돌리자 메모지가 엄청나게 붙어 있는 책이 보였다. 《취향대로 만드는 웨딩&컬러 드레스》.

"저거 봐도 돼?"

"물론이지."

A라인 드레스나 가슴께가 파인 엠파이어 라인 드레스, 분명 패턴 자체는 그리 복잡하지 않지만 '재봉 순서' 페이지는 몇 번을 읽어봐도 무슨 말인지 모르겠다. 내용이 조금도 머릿속에 들어오지 않는다.

기요스미가 쓴 메모가 잔뜩 있었다. 모르는 단어는 형광펜으로 표시하고 여백 부분에 뜻을 적어놓았다.

"공부도 이 정도로 열심히 하면 좋을 텐데."

"뭐, 기요는 그런 애니까."

"……할머니는 이 책에 실린 드레스, 어느 게 가장 심플한 것 같아?"

할머니는 펼쳐진 페이지를 보고는 태연하게 "전부"라고 대답했다.

"전부 심플해."

심플. 같은 단어를 써도 사람마다 생각하는 게 다르다. 거기에 담아내는 뜻도.

"드레스 입는 게 그리 싫니?"

할머니가 물었다. 말투는 어디까지나 부드러웠다.

"이런 거 귀여워 보이는데."

할머니가 가리키는 A라인 드레스에는 아무 장식도 없었다. 하지만 이걸 입을 사람은 내가 아니다.

"귀여워서 싫어."

할머니는 기요스미처럼 왜냐고 묻지 않는다. 그러니, 하고 시무룩한 표정을 지을 뿐이다.

"얘야, 이것 좀 보렴!"

할머니가 갑자기 블라우스 자락을 훌쩍 걷어 올렸다.

"어, 뭐야, 갑자기."

"보라니까, 귀엽지?"

블라우스 속에 입은 티셔츠 자락에 장미 자수가 있었다.

"이거, 기요가 해줬단다."

가시는 날카롭고, 꽃잎은 붉다. 고작해야 자수인데 식물의 생명력이 느껴졌다. 동생이 놓은 자수를 자세히 보는 건 처음일지도 모른다. 내 눈에는 '억세어' 보이는 장미지만 할머니는 이것이 '귀여운' 것이다. '심플'이 갖는 의미가 다르듯이 '귀여움' 역시 다르다.

할머니가 걷어 올렸던 블라우스를 내렸다.

"속에 입는 티셔츠니까 이 귀여운 장미는 아무도 못 봐."

"그럼 자수를 놓은 의미가 없지 않아?"

"있지. 보이지 않는 부분에 장미를 몰래 품는 건 '귀여움'을 즐기는 최고로 사치스러운 방법이잖니."

할머니가 블라우스 밑에 숨어 있는 장미를 사랑스럽다는 듯 어루만졌다.

"할머니에게 귀엽다는 건 뭐야?"

그러게. 할머니는 뺨에 손을 대고 한참 생각했다.

"기운이 나는 것. 기운 나게 해주는 것. ······귀여운 게 싫다, 미오는 그렇게 생각할 수 있지. 누구나 똑같은 '귀여움'을 추구할 필요는 없으니까."

하지만, 그렇게 말하는 할머니의 뒷말은 끝까지 들을 수 없었다. 다다미 위에 놓아둔 스마트폰이 위잉 울렸다. 곤노 씨의 전화였다.

"수박."

전화를 받자마자 곤노 씨가 대뜸 과일 이름을 말했다. 무슨 암호일까?

"갑자기 뭐야?"

"수박, 한 통 필요 없어?"

뭔지, 모르겠는데, 방금, 회사에서 받았거든. 한마디씩 끊어 말할 때마다 후우후우 힘겹게 숨을 토했다.

"어머님하고 먹지 그래?"

"우리 어머니, 수박은 싫어해······. 저기, 실은 이미······ 집 근처까지 왔는데."

"어?"

그럼 가지고 갈 테니······ 기다려. 그 말을 끝으로 조금 갑작스럽게 전화가 끊겼다.

"수박 가져다준대."

"어머나."

할머니가 창밖으로 시선을 돌렸다. 조금 걱정스럽다는 듯이 손으로 뺨을 짚었다.

"하지만 비가 오는데."

"잠깐 보고 올게."

현관에서 일단 비닐우산을 집었다가, 하늘색 우산을 골랐다. 곤노 씨가 준 우산.

비단실처럼 가늘고 부드러운 비가 내린다. 강물은 평소보다 탁한 것 같았다.

사실은 알고 있다. 귀여운 옷이 나쁜 게 아니다. 그 남자가 스커트를 찢은 건 디자인 때문이 아니다.

"하늘하늘하네"라는 말을 들었을 때, 나는 화를 냈어야 했다. 화를 내도 되었다.

네가 원인을 제공했다고, 남이 그런 말을 할 빌미를 주지 않으려고 '귀여움'을 줄곧 피해 왔다. 오로지 내가 잘못한 게 아니라고 주장하기 위해서.

귀여움 탓이 아니다. 남의 옷을 찢는 인간, 그것을 내 옷 때문이라고 말하는 인간에게 화를 냈어야 했다. 내 복장이나 행동을 제한할 게 아니라.

지금부터라도 늦지 않았을까?

앞으로도 내가 귀여운 옷을 선택하는 일은 없을지도 모른다. 하지만 많은 일을 '귀여움' 탓으로 돌리는 짓은 그만두자. 흘려보내자. 이 비와 함께. 그리고 다시, 새롭게 선택하자. 나를 '기운 나게 해주는 것'을.

다리를 건너자 금방 수박을 품에 안고 걸어오는 곤노 씨가 보였다. 혼자가 아니었다. 대각선 뒤에서 기요스미가 걸어오고 있었다.

학교에서 돌아오는 길에 우연히 만난 걸까. 기요스미는 곤노 씨에게 우산을 씌워주고 있었다. 그때까지 우산 없이 걸어왔는지 곤노 씨는 앞머리가 젖어서 이마에 찰싹 들러붙어 있었다. 수박을 떨어뜨리지 않으려고 진지한 표정으로 천천히 신중하게 걸어오고 있다.

귀여워.

그 말이 멋대로 입에서 흘러나왔다. 곤노 씨는, 귀엽다. 복합기를 점검할 때나, 내게 무언가를 전할 때, 곤노 씨가 흔히 짓는 그 표정.

매사 최선을 다하는 곤노 씨는, 정말 귀엽다.

비는 아직 그칠 줄 모르는데 내 얼굴 앞쪽만 갑자

기 환해진 기분이다. 아, 그런가. 바람을 맞듯이, 햇빛을 받듯이, 후련하게 이해했다. 아, 그런가. 내가 생각하는 '귀여움'은 좋아한다는 뜻이었어.

"곤노 씨!"

큰 소리로 이름을 부르자 곤노 씨가 그제야 이쪽을 보았다. 먼저 나를 보고, 그런 다음 우산을 알아보았다. 시선 움직임으로 알 수 있었다. 기요스미가 씌워주는 우산 밑에서 곤노 씨의 얼굴에 서서히 미소가 퍼졌다.

제3장

사랑의 샘물

엄마, 엄마. 어째서 우리 딸은 엄마를 부를 때 꼭 두 번씩 말하는 걸까. 엄마, 엄마. 귀는 멀쩡히 붙어 있다. 한 번만 불러도 족하다. 그래, 그래, 다 듣고 있어. 그래, 그래, 무슨 일이니. 거실로 향하며 크게 대답한다. 채소를 써는 손은 멈추지 않는다. 멈출 새가 없다. 배추, 파, 두부와 실곤약, 마지막으로 고기. 팍팍 썰어서 냄비에 집어넣는다. 조미 간장을 졸졸 붓는다. 딸 미오는 말이 없다. 분명 별일 아니었으리라.

기뻐라, 모락모락 김 너머에 모두 있어요.

결혼 축하 선물로 한 친구가 보내준 탁상냄비 상자에 그런 문구가 있었다. 냄비를 에워싸고 싱글벙글 웃는 가족의 일러스트와 함께.

그 냄비를 받았을 때, 배 속의 딸은 32주에 들어섰

다. 불러오는 배를 문지르며 "고마워"라고 미소 짓는 나는 남들 눈에 어떻게 비쳤을까? 미래에 대한 약간의 불안과 수많은 희망, 각오. 아직 먼일이라고 생각했던 '결혼'을 하게 된 것은 임신이라는 극히 단순한 이유였다. 하지만 이렇게 된 이상 배 속의 아이를 훌륭하게 키우겠다고 결심했다.

혼인신고서를 제출하고 얼마 지나지 않아 남편은 내 친정인 이 집에 들어왔다. 처가에 얹혀사는 거네, 하지만 그건 어떻게 보면 이상적이야. 그렇게 아는 척하는 친구도 나도 스물두 살이었다. '결혼'이나 '가정'이라는 것에 난색계 이미지를 가지고 있었다. 다툼이나 문제가 있어도 아침과 저녁에는 탁상냄비 상자에 그려진 일러스트처럼 싱글벙글 웃으며 밥을 먹을 거라고 믿어 의심치 않았다. 스물두 살의 한계였다. 무엇 하나 알지 못했다.

미오가 이유식을 뗄 무렵에는 대활약할 줄 알았던 탁상냄비는 결국 한 번도 식탁에 오른 적이 없다. 냄비 요리도 보통 반찬처럼 그릇에 담았고. 더 먹고 싶으면 그때마다 부엌으로 갔다.

그럴 수밖에 없는 게, 코드에 걸리기라도 하면 위

험하고 무엇보다 뜨거운 냄비에 딸이 화상을 입으면 큰일이다. 아이란 정말 뭐든 가리지 않고 만진다. 얼마나 위험한지 모른다.

미오가 자라서 철이 들었다 싶을 때, 나는 또 임신했다. 이번에는 남자아이였다.

기요스미가 태어나고서야 알았다. 손이 가는 아이라고 생각했던 미오가 사실은 얌전하고 키우기 편한 아이였다는 사실을. 만약 '손이 많이 가는 아이 대회'가 있다면 미오는 처음부터 기타카와치 지구 예선 탈락 수준이다. 하지만 기요스미는 전국까지는 어려워도 오사카 대회 우승은 충분히 넘볼 수 있는 아이였다.

잠깐 눈을 뗀 사이에 시야에서 사라지고, 뭐든지 입에 집어넣고, 피부건조증에, 늘 감기를 달고 살고, 설사를 하고, 기저귀 발진에, 초저녁에도 울고 밤에도 울고, 무엇보다 엄마인 내가 안아도 칭얼대는(할머니가 안아주면 바로 울음을 그친다) 점이 너무나 얄미웠다.

쨍그랑, 철퍽. 등 뒤에서 몹시 불쾌한 소리가 났다. 깜짝 놀라 돌아보니 미오가 부엌에 망연히 서 있었

x

다. 곰돌이 그림이 그려진 밥그릇이 정확히 반으로 깨져 있다. 식히려고 일찌감치 퍼둔 기요스미의 밥. 눈치껏 식탁으로 가져가려다가 떨어뜨린 모양이다. 내가 소리를 지르기 전에 미오가 몸을 움츠렸다.

혼내기 전에 그렇게 울먹이는 표정을 지으면 한숨밖에 쉬지 못한다. 말없이 그릇을 줍고 바닥을 재빨리 닦았다. 그동안 미오는 꼼짝도 하지 않았다. 마법에 걸려 돌로 변해 버린 사람 같다.

소리를 듣고 뒤늦게 어머니가 다가왔다.

"미오, 다치진 않았니?"

미오가 작게 끄덕였다. 마법에서 풀려난 딸은 이번에는 휴지를 들고 와서 바닥 청소를 도우려 했다.

"됐어, 널 시키면 일만 더 늘어나."

어머니가 미오의 어깨에 손을 얹고 "그럼 할머니하고 젓가락 놓을까" 하며 미소를 지었다.

"수저받침은 놓지 마."

재빨리 참견하는 나를 어머니가 타박하듯 쳐다보았다. 수저받침을 놓기 싫은 이유는 얼마 전 기요스미가 입에 넣고 우걱우걱 씹었기 때문이다. 잘못하면 삼킬 우려가 있는 물건을 치우려고 필사적인 내 마음을 좀처럼 이해해 주지 않는다.

아이는 쓸데없는 행동만 한다. 그러니 그보다 먼저 그 가능성을 제거해야 한다. 내게는 실수를 커버해 주거나 자근자근 잔소리할 시간이 없으니까.

쉬익 소리를 내며 냄비가 넘쳐서 허둥지둥 불을 줄였다.

결혼 전에는 요리를 좋아하는 편인 줄 알았다. 하지만 아니었다. 내가 좋아하는 건 '마음 내킬 때 책에 실린 예쁜 요리를, 그 요리만을 위한 재료를 사고, 시간에 개의치 않고, 찬찬히 순서대로 만드는 것'이었다. 배고프다고 빽빽 우는 아이를 어르며 냉장고에 있는 재료만으로 제한 시간 30분 안에 요리하는 건 조금도 즐겁지 않다.

냄비에서 삶은 채소를 꺼내 포크로 뭉갰다. 미오 때는 첫아이라 육아서에 매달려 이유식을 만들었다. 하지만 지금은 그렇게 손이 가는 요리는 할 수 없다. 전부 어른이 먹는 음식에서 덜어서 활용하다 보니 필연적으로 삶는 요리가 늘었다.

뭐, 그래도 편하잖아. 남들은 아무것도 모르고 그렇게 말한다. 친정에 사는 거니까, 남편도 다정해 보이던데 좋잖아, 아이도 잘 돌봐주지 않아? 등등. 웃기지도 않다. 웃기지도 않는다니까, 정말이지.

거기까지 생각하다가 묘한 느낌이 들었다. 이상하다. 기요스미가 너무 조용하다. 돌이 지나지 않은 아이가 조용한 것은 대개 좋지 않은 짓을 하고 있을 때다.

기요스미는 거실 한구석, 벽을 바라보는 자세로 동그마니 앉아 있었다. 무릎에 끌어안은 휴지 상자에서 휴지를 전부 뽑아 사방에 흩어놓았다. 어머나, 마치 하얀 구름을 타고 있는 것 같구나, 깜찍해라. 어머니라면 그렇게 말했을지도 모르지만 내 목구멍에서는 절규가 터져 나왔다. 심지어 기요스미는 입을 오물거리고 있다. 억지로 입을 벌려 침에 범벅이 된 휴지를 손가락으로 끄집어냈다.

"젠! 잠깐 좀 와봐! 젠!"

아이가 태어난 후에 바로 서로를 아빠, 엄마라고 부르는 부부가 있다. 하지만 우리는 그렇게 되지 않았다.

내가 남편을 '젠'이라고 부르는 것은 남편이 나쁜 의미로 결혼 전과 변함이 없기 때문이고, 남편이 나

를 이름으로 부르는 것은 아마도 '아빠'라는 자각이
부족하기 때문이다. 그런 자각이 있는 남자라면 아이
좀 봐달라고 부탁했는데 자식을 내버려 두고 모습을
감출 리 없다.

대체 어딜 간 거야. 한 팔로 기요스미를 안고 샌들
을 신고 뛰쳐나갔다. 젠은 마당 매화나무 옆에 웅크
리고 있었다.

"삿 짱, 이것 좀 봐."

매화나무 잎사귀를 햇빛에 비춰서 보여주었다. 굉
장하지, 잎맥이라는 거, 진짜 굉장해. 뭐랄까, 자연에
깃든 신이랄까, 신이 만든 디자인이야, 이걸 원피스
무늬로 쓰면 어떨까, 잎사귀 무늬랑은 달라, 잎맥이
야, 잎맥. 생명력이 느껴지는 강인한 무늬가 될 것 같
지 않아? 그 말이 전부 끝나기 전에 젠의 멱살을 붙잡
고 사방으로 흔들었다.

"몰라!"

뭐가 신이 만든 디자인이야, 이 자식, 너 이 자식, 네
가 태평하게 잎사귀의 생명력을 느끼는 동안 아들이
휴지에 목이 막혀 죽으면 어떻게 책임질 셈이야, 어?

내 고함에 반응해 기요스미가 울음을 터뜨렸다. 이

아이의 울음소리는 늘 "흐아앙!"처럼 들린다. 〈만화 일본 옛날이야기〉에 나올 법한 울음소리. 흠칫 놀라 힘이 풀린 틈을 타서 젠이 손아귀에서 빠져나갔다.

"왜 그래, 삿 짱. 무서운 표정으로."

하아, 죽는 줄 알았네. 과장되게 목덜미를 문지른다.

사쓰코라는 내 이름은 돌아가신 아버지가 지었다. 시원스럽게 살라는 뜻으로, 사쓰코[颯子]. 하지만 당시 바람 소리를 뜻하는 '삽(颯)'은 이름에 쓰는 한자가 아니라서 사쓰코(さつ子)가 되었다. 히라가나라 해도 거기에 담은 소망은 변하지 않는다.

나를 '삿 짱'이라고 부르는 건 남편뿐이다. 교제 초반에는 낯간지러우면서도 조금 기쁘기도 했다. 하지만 지금은 열만 받는다. 호칭만 그런 게 아니다. 행동 하나하나 참을 수가 없다.

"삿 짱, 좀 피곤한 것 아니야?"

누구 탓인데, 누구 탓인데. 누구 탓인데.

"시끄러워!"

기요스미의 울음소리가 커졌다. 귀가 찡 울렸다.

"아이를 돌볼 때 원피스 무늬 따위 고민하지 말란

말이야! 애초에 당신은 디자이너도 아니잖아!"

의류 영업사원이잖아! 그렇게 퍼붓고 집 안으로 돌아갔다. 디자이너가 되고 싶었지만 되지 못한 남자. 남편을 가장 효과적으로 상처 입힐 말을 그 무렵의 나는 잘 알고 있었다. 썩어도 준치라고, 그래도 부부였으니까.

결혼하면 달라질 줄 알았다. 그것이 '아이가 태어나면'으로 바뀌고, '아이가 조금 더 자라면'으로 바뀌고, '둘째가 태어나면'이 되었지만 아무것도 달라지지 않았다, 남편은.

그런 생각을 하면서 다케시타 씨의 도시락을 바라보고 있었다. 밥 위에 잔멸치와 김가루를 가득 뿌린 도시락. 반찬은 달걀말이와 방울토마토뿐이지만 유난히 맛있어 보인다. 맞장구를 치면서 샌드위치를 먹는다. 시청 근처 편의점에서 파는 샌드위치는 빵이 금방 퍼석퍼석해진다. 사무실 공기가 건조한 탓도 있을지 모르지만.

"아이를 키워보니 생각했던 거랑 너무 달라요."

"맞아."

"마쓰오카 씨도 그렇게 생각할 때가 있나요?"

"있지, 얼마나 많은데."

'육아지원과' 중에서는 30대인 그녀가 가장 젊다. 아이는 둘, 초등학교 3학년 딸과 1학년 아들. 다케시타 씨는 남매라는 자녀 구성도 똑같고 이혼 경험도 있어서 그런지 묘하게 나를 따르는 느낌이다.

아이가 태어나도 달라지지 않은 것은 남편만 그런 게 아니라 나도 마찬가지였다. '원래 아이를 좋아하지도 않던 사람들이 출산 후에 자식에게 푹 빠지는 경우'를 지금까지 몇 번 보았다. 나도 자연히 그렇게 될 거라 믿었다. 여성 호르몬이나 모성이 샘물처럼 펑펑 솟아날 거라고. 살아 있는 사랑의 샘물이 될 거라고. 내 자식이라면 조건 없이 무상의 사랑을 쏟아 부을 수 있을 거라고 믿어 의심치 않았다.

하지만 아니었다. 아이가 귀엽지 않은 건 아니지만 '조건 없이', '무상의' 사랑은 도저히 쏟을 수 없다. 아이들이 시끄러우면 시끄럽다고 생각하고, 얄미운 소리를 할 때는 자칫하면 남에게 그런 말을 들었을 때보다 몇십 배는 더 화가 난다.

"뭐, 우리 큰애는 이제 곧 결혼하고, 작은애도 고등

학생이니까. 다케시타 씨는 아직 한참 힘들겠네."

결혼! 고등학생! 다케시타 씨가 고개를 젖혔다.

"뭔가, 너무 먼일이라 하나도 상상이 안 돼요."

"그럴 것 같지? 은근히 눈 깜짝할 사이야."

일하고, 기절하듯 잠들고, 일하고, 쑤셔 넣듯 밥을 먹고, 또 일하고, 그렇게 오늘까지 살아왔다. 그사이에 여러 일들이 있었던 것 같은데(가령 젠과 이혼한 일이나), 이제는 완전히 아득한 풍경이 되어버렸다. 그런 일도 있었지요, 하고 덤덤하게 바라보고 있다.

"그런가요? 왠지 육아는 끝이 없잖아요. 이런 일이 영원히 계속될 것만 같고."

다케시타 씨가 큼직하게 뭉친 밥을 젓가락으로 집었다. 잔멸치가 투두둑 떨어졌다. 요즘 그녀의 고민은 아들 문제에 집중되어 있다.

"큰애는 똑 부러져요. 역시 여자애라 그런가."

하지만 잇 짱은요, 하고 아들 이름을 부른다. 밥을 물고 있어서 "약해 빠져서요" 하고 웅얼웅얼 투덜거렸다.

다케시타 씨의 스마트폰 화면 속에서 하얗고 마른 남자아이가 핑크색 봉제 인형을 품에 안고 웃고 있었다. 드센 여자아이가 조금만 세게 뭐라고 해도 금방 울음을 터뜨린다고 한다.

"이 봉제 인형은 뭐야?"

"잇 짱이 좋아하는 캐릭터예요. '얌전다람쥐'라고 한다나."

"얌전한 다람쥐라는 뜻이야?"

"그렇대요. 요즘 초등학생 여자애들한테 엄청 인기래요."

초등학생 여자애들한테 말이지. 내가 따라 말하자 다케시타 씨는 살짝 어깨를 으쓱했다. 달걀 같은 실루엣의 '얌전다람쥐'는 실제 다람쥐와는 전혀 닮은 구석이 없었다. 몸통 색깔도 핑크색이고. 분명 귀엽지만, 하지만.

"필통 같은 것도 전부 이 캐릭터예요. 잇 짱이 갖고 싶다며 직접 고르니 사줬지만요. 역시 반에서 한 소리 들은 모양이더라고요. '이건 여자애들이 쓰는 거야'라고."

크게 고개를 주억거리며 "이해해"라고 수긍했다. 기요스미도 옛날에 레이스가 달린 파우치를 탐낸 적이 있었다. 그건 여자아이들이 쓰는 물건이라고 하니

어리둥절한 표정을 지었다.

나라면 갖고 싶다며 들고 와도 사주지 않는다. 학교에서 놀림받을 게 뻔하니까. 하지만 다케시타 씨에게는 "이해해"라는 말밖에 할 수 없다. 분명 그런 말을 듣고 싶을 테니까.

"이대로 가면 왠지 학교에서 왕따당할 것 같아요."

"이해해."

아니, 우리 아들도 말이야. 한숨을 쉬자 다케시타 씨가 진지한 표정으로 몸을 기울였다.

"우리 애는 옛날에 미카 인형에 관심이 많아서."

"어머나! 미카라니 그거요? 옷 갈아입히는?"

다케시타 씨가 두 손으로 입을 가렸다.

인형 자체보다 갈아입히는 옷에 더 관심이 있었던 모양이다. 일곱 살 때쯤이었을까. 미오가 갖고 놀던 인형 상자를 끄집어내서 노는가 싶더니, 미카 인형의 치마를 들췄다. 그 모습을 본 순간, 말보다 손이 먼저 나가서 기요스미의 머리를 때리고 말았다. 성적인 호기심으로 들친 줄 알았던 것이다.

지금 와서 생각해 보면 차라리 그편이 나았을지도 모른다. 아들 입으로 "이 치마를 어떻게 바느질했는

115

지 궁금했던 것뿐이야"라는 말은 듣고 싶지 않았다.

소위 말하는 '남자다움'에 얽매이는 건 아니다. 그런 구시대적 사고방식은 사라지는 게 낫다고 생각한다. 다만 기요스미가 튀지 않길 바랄 뿐. 남들 눈에 평범하게 보이면 좋겠다. 학교에서도, 직장에서도, 아무튼 집단에서 튀어봤자 좋은 일은 하나도 없으니까.

"학교에서 왕따당하지 않도록 잇 짱이 가라테나 유도를 배워서 강해지면 좋겠다"는 다케시타 씨의 바람을 절절히 이해한다. 나도 기요스미에게 똑같은 걸 권했다. 받아들여 주지 않았지만.

"혼자서만 튈 것 같으니 걱정되지."

"맞아요! 걱정이에요."

우리 아들은 취미가 '수예'야. 그렇게 말하면 다케시타 씨는 어떻게 생각할까. '잇 짱'의 장래에 대한 불안이 커질까.

미오는 가을에 결혼식을 올린다. 그때 입을 웨딩드레스를 기요스미가 짓겠다고 말했을 때, 나는 놀라지 않았다. 올 것이 왔구나, 그런 마음이었다.

차라리 체념해 버리면 편해질지도 모른다. 네 마음대로 하라고 내버려둘 수 있다면. 우리 어머니처럼.

너는 실패할 권리가 있단다. 어머니는 내게 항상 그렇게 말씀하셨다.

피아노, 그만두고 싶어.

머릿속에서 울리는 건 열한 살 때의 겁먹은 내 목소리다. 초등학교에 들어가자마자 피아노 학원과 주산 학원에 다니기 시작했지만 주산은 이미 한 해 전에 그만두었다.

악보대로 손가락을 움직이면 곡이 된다. 5년을 다녔지만 내 피아노는 그냥 그 정도 수준이었다. 심금을 울리는 연주는커녕 "이 아이는 재능이 있다"고 말해 주는 사람도 한 명 없었다. 열한 살 때 이미 스스로의 한계가 보였다.

피아노, 그만두고 싶어. 그 말을 들은 어머니는 바느질을 하던 손길을 잠시 멈췄다.

"아, 그러니…… 그럼 선생님께 전화해 두마."

주산 학원 때도 그랬다. 몹시 담백한 대답이었다.

"그래도 돼?"

"그럼. 네 마음대로 하렴."

같은 피아노 학원에 다니는 소꿉친구 아키는 한 번 "그만두고 싶다"고 말했을 뿐인데 어머니에게 뺨을 맞았다. 계속하면 분명 네게 도움이 될 거라며 눈물마저 글썽였다고 한다.

이듬해 발표회에서 아키는 합창 반주자로 뽑혔다. 그랜드피아노 앞에 앉은 아키의 자랑스러운 표정.

만약 피아노를 그만두고 싶다고 했을 때 어머니가 말렸더라면, 저기 내가 앉았을지도 모른다. 그렇게 생각하니 가슴이 욱신거렸다.

어머니는 내게 관심이 없는지도 모른다. 차츰 그렇게 생각하게 되었다. 다른 집 아이들보다 덜 혼나는 것도, 공부하라고 잔소리하지 않는 것도, 단순히 관심이 없기 때문 아닐까?

그렇기에 나는 내 아이들에게 관심을 갖고 대하고 싶었다. 아이들보다 어른이 훨씬 많은 것들을 알고 있으니까. 가르쳐주는 게 어른의 역할이다.

하지만 그 마음은 아이들에게 조금도 전해지지 않는다. 기요스미만 그런 게 아니다. 미오도, 내가 그렇게 대학에 가라고 권했는데 듣는 체도 하지 않았다.

10분 후면 점심시간이 끝난다. 샌드위치는 이미 퍼석퍼석하게 말라서 억지로 집어넣자 귀퉁이가 입안을 아프게 찔렀다.

처음 만났을 때, 나도 젠도 만 열아홉이었다. 젠은 머리카락을 이상한 색으로 염색하고 직접 지었다는, 바지인데 셔츠처럼 보이는 희한한 옷을 입고 있었다. 친구의 친구가 패션 전문대에 다녀서 몇 번 함께 노는 사이에 친해졌다.

디자이너가 되고 싶다면서 몽실몽실하게 웃으며 나를 바라보았다.

"여자는 어떤 옷을 입느냐로 인상이 확 달라지잖아. 거리에 귀여운 여자가 많아지면 기쁘니까."

그 웃음처럼 뜬구름 같은 꿈을 말하던 젠.

하지만 그때는 그게 귀여웠잖아? 머릿속에서 또 다른 내가 나에게 묻는다. 몽실몽실한 구석도, 땅에 떨어진 잎사귀에서 눈을 떼지 못하는 구석도, 좋아했 잖아. 그렇지?

아니다. 마찬가지로 머릿속으로 대답했다. 몽실몽 실한 구석을 좋아했던 게 아니다. 나이가 들면, 사회 에 나가면, 결혼하면, 당장은 아닐지 몰라도 언젠가, 분명 젠도 현실을 깨달을 줄 알았다. 언젠가, 언젠가. 언젠가는 영원히 찾아오지 않는다는 것을 깨닫고 나 서야 겨우 이혼할 결심을 했다.

나는 젠에게 가족을 만들어주고 싶었어. 머릿속에 있는 내게 말했다.

"부모도, 형제도 가능하다면 얼굴도 보고 싶지 않을 만큼 싫어."

어느 날 젠이 그런 말을 했다. 누가 심장을 꽉 움켜쥐는 것만 같아서, 그때 처음으로 젠을 좋아한다고 느꼈다.

젠의 가족 사이에는 사이가 나쁘다거나 성격이 맞지 않는다는 것보다 더 큰 문제가 있는 것 같았다.

결혼을 알리러 젠의 부모님 댁을 찾아갔을 때, 그의 아버지는 한 번도 내 얼굴을 보지 않았다. 어머니는 "임신했다고? 정말?"이라며 내 얼굴과 배를 번갈아 보며 음흉하게 웃었다. 30분도 머물지 않았으리라. 어째서인지 집의 벽이나 장지문이 군데군데 찌그러지거나 벗겨져 있었다. 차고에 있던 번쩍번쩍한 고급 차와 황폐한 집 사이에 존재하는 격차에 현기증이 났다.

돈이 없는 건 아니었다. 그 집에는 더 중요한 게 결여되어 있었다.

깜짝 놀랐지? 돌아가는 길에 젠이 말했다. 씁쓸한

감정을 토해 내는 듯한 말투였다.

"하지만 나는 그 인간들한테 고개를 숙였어. 패션 디자인을 공부하고 싶었으니까."

디자이너가 되고 싶다는 젠의 소원은 가족에 대한 복수일지도 모른다는 생각이 들었다. 뭔가 화려한 성공을 거두어서 가족들의 코를 납작하게 눌러주고 싶은 게 아닐까.

이제 괜찮다고 말하는 내 목소리는 거의 비명에 가까웠다. 길거리에서 젠을 끌어안았다. 얼레리꼴레리, 지나가던 초등학생들이 놀렸지만 아무렇지도 않았다.

괜찮아. 떨고 있는 젠의 귓가에 몇 번이고 말했다. 괜찮아, 젠. 앞으로는 나도, 우리 부모님도, 태어날 아이도 곁에 있을 거야. 특별한 사람이 되고 싶다고 필사적으로 애쓰지 않아도 행복하게 살 수 있어.

현관문을 열자마자 미오의 고함 소리가 들렸다.

"리본은 필요 없어!"

구슬리는 듯한 어머니의 목소리가 이어졌다. 두 사람의 목소리는 어머니 방에서 들려왔다.

조용히 장지문을 여니 하얀 드레스를 입은 미오가 두 주먹을 불끈 쥐고 서 있었다. 무릎을 꿇고 있는 어머니와 기요스미가 시종처럼 보였다. 가슴께가 파인 드레스는 '민소매 원피스'라고 불러도 될 정도로 수수했다.

"알았어, 리본은 필요 없다는 말이지. 알았다니까."

침착하게, 아니, '침착하려고' 한껏 애쓰는 게 그대로 느껴지는 말투였다.

기요스미가 미오의 뒤로 돌아가서 시침핀으로 고정한 리본을 풀기 시작했다.

"프릴도 레이스도 달지 마."

"알았어."

"꼭이다?"

"알았다니까. 집요하네."

분명 지난달에도 똑같은 대화를 했다. 그런데 기요스미는 왜 저렇게 커다란 리본을 달았을까? 리본에 대한 저 영문 모를 집착은 뭘까.

팔짱을 끼자 아까 들른 양과자점 종이봉투가 부스럭 소리를 냈다. 아이들이 어렸을 때는 매년 이 가게에서 생일 케이크를 샀다. 부부 둘이서 하는 가게다.

오늘 일하다가 근처를 지날 일이 있었는데, 옛날 생각이 나서 무심코 사버렸다.

"아, 엄마. 어서 와요."

미오가 가장 먼저 내 존재를 알아차렸다. 기요스미는 "어서 오세요"라고 말은 했지만 이쪽을 쳐다보지도 않았다. 드레스를 짓겠다고 했을 때 "그만둬"라고 충고한 것에 아직도 꽁해 있는 게 분명하다. 부모 마음도 모르고.

미오가 전신 거울을 바라보며 계속 드레스를 끌어내렸다.

"이거, 역시 소매 달 수 없어?"

미오는 여름에도 긴소매를 입는다. 피부 노출을 극단적으로 피하는 것이다. 어느 시기부터 그렇게 되었다.

"전에도 말했잖아. 이 드레스는 소매가 없는 게 낫다니까."

목 부분이 덮여 있으니까, 하고 기요스미가 자기 왼쪽 어깨부터 오른쪽 어깨까지 손끝으로 더듬었다. 손가락이 쇄골 바로 밑에서 완곡한 곡선을 그렸다.

"팔을 너무 내놓기 싫은데."

"나 참, 이 디자인으로 일단 타협했잖아."

거울 너머로 서로 바라보는 내 딸과 아들. 서로 노려본다는 표현이 더 정확할지도 모른다. 미오가 먼저 눈을 피했다.

"그렇지만……."

기요스미가 드러나 있는 미오의 팔에 천을 씌웠다.

"소매를 붙이면 이런 느낌이야. 뭔가 답답해 보이지 않아?"

"하지만 입어보니 역시 긴소매가 좋은걸. 게다가 허리도 이렇게 조이지 마."

미오가 치마 부분을 꽉 붙잡고 고개를 숙였다.

조금 갑갑한 침묵이 이어졌다.

"일단 밥 먹을까?"

어색할 때 분위기를 바꾸는 건 언제나 어머니다. 기요스미도 미오도 안도한 듯 고개를 끄덕였다.

생각해 보면 기요스미는 배 속에 있을 때부터 생각대로 되지 않는 아이였다. 한밤중에 내가 푹 잠든 시간을 노린 것처럼 태동을 했고, 그래놓고 산부인과 초음파 검사를 하면 늘 손이나 탯줄로 얼굴을 가리고 좀처럼 보여주지 않았다.

저녁을 먹고 나서 미오는 냉큼 자기 방에 들어가
버렸다. 기요스미와 어머니는 내가 사 온 푸딩을 먹
으며 스케치북을 사이에 두고 머리를 맞대고 있다.
설거지하는 나는 두 사람에게 등을 돌리고 있다. 개
수대에서 네 사람 몫의 밥그릇이 서로 부딪쳐 쟁강거
렸다.

"어쩌면 좋을까."

"그러게 말이다."

누나 요청대로 만들면 정말 촌스러운 드레스가 될
거야, 내가 생각한 드레스가 분명 잘 어울릴 텐데 신
용이 없네, 하고 기요스미가 입술을 비죽였다.

"애초에 네 솜씨나 센스가 문제인 것 아니니?"

참견해 봤지만 무시당했다.

사실은 오늘 돌아와서 처음 미오를 봤을 때, 깜짝
놀랐다.

정말 예뻤다. 재봉이 취미인 고등학생이 어깨너머
로 배워 지은 옷이라고는 해도 신부 의상이다. 어머
니로서 가슴에 치밀어 오르는 감정이 있었다. 하지만
그것을 절대 기요스미에게 들키고 싶지 않다.

"아버지한테 의논해 볼까."

뒤에서 어머니가 깜짝 숨을 삼키는 소리가 들렸다. 이쪽을 살피는 기척이 느껴진다.

기요스미가 가끔 젠과 만나는 건 알고 있다. 만나지 말라고 금지하지도 않았고, 젠에게는 아버지로서 기요스미와 미오를 만날 권리가 있다는 것도 알고 있다. 그래도 역시 기분이 좋지는 않다.

천천히 뒤를 돌아보자 기요스미가 나를 똑바로 바라보고 있었다.

"조만간 아버지를 만나러 갈 거야."

나는 아무 대답도 하지 않았다. 등을 돌리고 다시 수세미로 그릇을 박박 문질렀다.

기요스미가 자수를 놓거나 여성복에 관심을 가지는 것. 나는 그게 너무 싫다. 하지만 그것은 지난번 다케시타 씨에게 말한 것처럼 학교 같은 곳에서 '튄다'는 이유 때문만은 아니다. 기요스미가 젠처럼 되는 것을 막고 싶다는 이유도 있다.

이혼한 남편을 닮는 게 싫다는 말이 아니다. 가령 이혼 후 젠이 재능 넘치는 디자이너로 대활약하는 상황이라면 나도 "그만둬"라는 말을 하지 않는다. 부전 자전이라고 하지 않던가. '잘 풀리지 않은 사례'를 보았는데 내 아이가 같은 전철을 밟기를 바라는 어머니가 어디에 있겠는가. 솟아나는 샘처럼 깊은 애정은 아니더라도, 내 자식은 소중하다. 행복해지길 바란다. 그러니 내버려둘 수 없다.

일을 마치고 바로 집으로 돌아가려 했지만 마음이 바뀌었다. 회사 동료들이 다들 역 뒤에 새로 생긴 닭고기 정육점에서 파는 치킨이 맛있다고 해서 사 가기로 했다.

아이들이 어렸을 때는 요리도 빨래도 청소도, 뭐든 전부 나와 어머니 둘이서 했다. 나와 어머니라고 해도 노동량은 7대 3. 누가 봐도 내가 더 많은 집안일을 했다.

미오가 초등학교 고학년이 된 후로는 집안일을 분담제로 바꾸었다. 지금은 주로 요리는 어머니가 담당하고 기요스미가 그걸 돕는다. 전부 맡기는 것도 미안하니 종종 이렇게 반찬거리나 디저트를 사 간다.

닭고기 전문점은 '머리띠를 두른 닭이 힘차게 한쪽 팔(날개?)을 들고 있는 간판'으로 알아볼 수 있다고 했다. 다른 가게가 있던 자리에 들어왔다는데 전에 여기에 어떤 가게가 있었는지 이미 기억나지 않는다. 변화가 적은 동네라고 생각했지만 어느새 조금씩 어딘가가 변한다.

태어나서 40여 년 동안 줄곧 이 동네에서 살고 있다. 취직이나 결혼, 출산, 인생이 크게 바뀌는 이벤트도 전부 같은 동네, 같은 집에서 맞이했다. 고가선로 밑을 가로지르는 강도, 강가에 피는 백일홍의 선명한 색깔도, 성냥갑을 늘어놓은 것처럼 아기자기하게 모여 있는 집들도, 내 마음을 흔들지 않는다. 그래서 좋다. 항상 쓰레기가 넘쳐나는 인도도, 길거리에서 갑자기 캔맥주를 한 손에 들고 장기를 두기 시작하는 아저씨들도. 사람 사는 곳이라는 느낌을 준다.

닭고기 전문점 앞에 몇 명이 줄을 서 있었다. 맨 끝에 허리를 뒤로 젖히고 서 있는 회색 양복 차림 남자의 뒷모습이 보였다. 반사적으로 걸음을 돌리려 했지만 내 기척을 느낀 것처럼 그 남자가 뒤를 돌아보았다.

"아."

안녕하세요. 오랜만입니다. 정중한 말씨와는 대조

적으로 구로다는 오만하게 턱을 들고 있다. 어쩔 수 없이 나도 고개를 숙였다.

"젠은 잘 지내고 있습니다."

"관심 없어요."

차갑게 고개를 돌렸다. 구로다가 "흠"과 "흥"의 중간 같은 콧소리를 냈다.

오랜만이라고는 하지만 이 남자는 매달 집에 찾아온다. 노린 것처럼 내가 일하러 간 사이에 찾아오니 마주치지 않을 뿐이다.

이혼할 때, 나는 젠에게 양육비를 달라는 말은 한마디도 하지 않았다. 그래도 이혼 후 젠은 매달 돈을 주러 왔다. 입금이 아니라 현금을 가지고 오는 이유는 아이들을 만나고 싶었기 때문이리라. 금액은 일정하지 않았다. 몇만 엔일 때도 있는가 하면 어디서 긁어모았는지 구깃구깃한 천 엔짜리 몇 장이 전부일 때도 있었다.

젠을 대신해 이 구로다란 남자가 오기 시작한 뒤로는 항상 똑같은 금액이다. 구로다는 젠의 고용주로, 젠에게 매달 양육비만큼의 돈을 떼고 월급을 준다.

젠에게 한 달 치 월급을 한꺼번에 주면 전부 써버

리기 때문에 용돈처럼 조금씩 준다고 하니 웃기는 노릇이다. 보호자나 다름없다.

이혼하기 전에도 그랬다. 젠은 돈을 제대로 쓸 줄 몰라서, 한 달 치 용돈으로 준 3만 엔을 하루 만에 다 쓰고 돌아왔다. 나도 절약을 잘한다고는 하기 어렵지만 젠의 씀씀이는 도가 지나쳤다. 무엇에 썼는지 물었더니 꽃다발과 목걸이를 내밀었다. 샷 짱이 기뻐할 것 같아서. 그 말을 들으니 더 화가 났다.

기억을 더듬으니 강렬히 짜증이 치밀었다. 이미 아득한 풍경으로 밀려난 줄 알았는데, 그런 점이 싫었고 이런 점이 싫었다는 마음만큼은 지금도 선명했다.

돈은 풍족한데 벽이나 장지문은 너덜너덜한, 끔찍하게 일그러진 가정에서 자란 젠에게 나는 진정한 가족을, 행복을 주고 싶었다. 돈 씀씀이도 제대로 가르쳐주고 싶었다. 그런데 하나도 이루지 못하고 끝나버렸다.

"아직 당신 집에서 살고 있나요?"

'젠은'이라는 주어를 생략한 질문에 구로다가 고개를 끄덕였다.

"그 남자가 혼자 살 수 있겠습니까?"

구로다의 앞에 서 있던 할머니 차례가 와서, 이것저것 주문하기 시작했다. 여러 부위의 고기가 진열된 유리 케이스 옆에 닭고기로 만든 요리가 늘어서 있었다. 치킨은 소금 맛과 간장소스 맛 두 종류, 닭 간 조림이나 데리야키 완자도 맛있어 보였다. 하지만 역시 오늘은 치킨이다. 기요스미가 좋아하는 메뉴니까.

구로다는 뼈 있는 닭다리를 두 덩어리 주문했다. 베테랑 주부 같은 분위기의 점원이 살갑게 "오븐으로 구울 건가요? 골고루 익게 칼집 내드릴까요?"라고 물었다. 이미 단골인지도 모른다.

"아니, 괜찮습니다."

구로다는 낯선 외래어 요리 이름을 말하더니 어째선지 나를 힐끔 보았다.

"압력솥을 쓰면 빠르잖아요."

알 게 뭐람. 그런 말밖에 나오지 않았다. "빠르잖아요"는 무슨. 다 아는 사실처럼 말하지 마. 다 샀으면 냉큼 돌아가면 될 텐데, 구로다는 여전히 허리를 뒤로 젖힌 자세로 치킨을 사는 나를 쳐다보고 있었다.

압력솥으로 요란뻑적지근한 요리를 하는 남자의 눈에 내 모습은 어디서 어떻게 보아도 게으른 주부 그 자체로 보이리라.

부끄럽다는 생각은 들지 않는다. 엄마니까 아이에게 제대로 된 밥을 지어줘야지. 그런 말이라면 지금까지 남들에게 귀가 따갑도록 들었다. 자기 어머니도 아닌 여자가 집안일을 '대충한다'는 것을 도저히 용납할 수 없는 사람은 늘 존재한다. 수고의 양으로 애정을 측정하지 말았으면 좋겠다.

누군지도 모르는 남에게 게으르다고 규탄받는 일에 관해서는 나도 상당히 경험을 쌓았다. 당신 같은 사람이 그렇게 차갑게 쳐다본다고 겁먹을 줄 안다면 큰 오산이야, 하고 쏘아보니 구로다는 멍한 표정으로 엉뚱한 쪽을 바라보고 있었다. 이쪽 안 보고 있었어?

"그럼."

젠에게 안부를 전해 달라는 말은 입이 찢어져도 하지 않는다. 하지 않을 테다. 마침 모퉁이를 돌아가자 건너편에서 다케시타 씨가 자전거를 타고 다가왔다. 짐칸에 설치한 의자에 '잇 짱'으로 보이는 아이가 타고 있다. 손을 흔들었지만 필사적으로 자전거 페달을 밟는 다케시타 씨는 나를 알아보지 못하고 그대로 왼쪽 길로 꺾었다.

잇 짱이 동그란 봉제 인형을 손에 들고 있었다. 전에 말한 그 다람쥐겠지. 뒷모습으로 본 잇 짱은 팔다리도 목도 가늘어서 기요스미의 어린 시절이 떠올랐다.

저렇게 자전거 뒤에 태우고 달렸다. 어린이집에서 데리고 돌아오는 길을 매일. 엄마, 오늘 나 말이야, 급식 때 말이야, 누구누구하고 말이야. 앳된 발음으로 언제까지고 계속되는 이야기를 제대로 들어준 적은 없었다.

돌아가면 빨래를 걷어서 개고, 밥을 먹이고, 앗, 욕조 세제가 떨어졌는데, 화장실 휴지를 산다는 것도 깜빡했다, 우와, 망했어, 그리고 금붕어 먹이를 주고, 욕조를 닦고, 하아, 청소기도 돌리고 싶은데, 기요스미 손톱은 언제 깎아줬더라. 항상 정신없이 머리를 굴리느라 바빴고 바람 소리 때문에 잘 들리지 않아서 언제나 대충 대꾸했다.

조금 더 제대로 들어줄 걸 그랬다. 여유가 없었다고는 해도 조금 더 어떻게든 할 수 있지 않았을까?

그게 너의 최선이었어. 어쩐 일로 머릿속에서 또하나의 내가 편을 들어주었다. '또 하나의 나'는 옛날

부터 항상 존재했다. 나를 둘러싼 상황을 냉정하게
바라보려 할 때 '기다렸다는 듯' 쓰윽 나타난다.

다케시타 씨와 잇 짱의 뒷모습이 사라질 때까지 그
자리에 서 있었다. 왠지 몹시 머리가 멍해서 기요스
미가 눈앞에 서 있는 것을 알아차렸을 때 간 떨어지
게 놀랐다.

"괜찮아?"

기요스미 옆에 여자아이가 있다. 그 점에도 놀랐
다. 키가 작아서 기요스미하고 나란히 있으니 어린아
이처럼 보였다.

"괜찮긴, 뭐가?"

깜짝 놀라긴 했지만 의외로 차분한 목소리가 나
왔다.

"아니, 멍하니 서 있길래."

기요스미는 여자아이에게 "우리 어머니인 사람"이
라는 영문 모를 말로 나를 소개했다.

"안녕하세요, 다카스기라고 합니다."

"또 치킨 사 왔어…… 그렇게 좋아해?"

치킨을 좋아하는 건 내가 아니라 기요스미 아닌가.
여자아이 앞이라 허세를 부리는 걸까?

"그럼 실례하겠습니다."

다카스기는 척, 하는 효과음을 붙이고 싶은 동작으로 허리 숙여 인사하고 걸어갔다.

"무뚝뚝한 아이네."

겨우 그런 말밖에 할 수 없었다.

"그래? 예의 바르잖아."

"저 애, 여자친구? 깜짝 놀랐네. 애, 너 친구는 없으면서 여자친구는 언제 만들었어? 응? 응?"

"뭐야, 야단스럽게."

평소에 쓰지 않는 그런 말로 넘어가려 해도 소용없다.

"털어놔. 언제부터? 언제부터야?"

"구루미는 여자친구 아니고, 나도 친구 있으니까 걱정 마."

기요스미는 늘 혼자 있어요. 초등학교에서도, 중학교에서도 담임교사가 항상 하는 말이었다. 친구가 있다는 말을 곧이곧대로 믿기 어려웠다.

"정말? 그 친구 이름이 뭔데? 뭐라고 불러?"

"아, 시끄럽네. 그런 게 무슨 상관이야."

"상관있지. 그리고 너 '구루미'라고 부르던데, 여자

친구가 아니면 걔는 뭐야?"

"어…… 친구?"

자신 없는 의문형이다.

"언젠가 사귀는 사이로 발전할지도 모르는 친구라는 뜻이구나. 아니, 딱히 나쁘다는 게 아니라."

"아니라니까. 끈질기네."

기요스미가 얼굴을 찌푸렸다.

"상대가 여자라는 것만으로 바로 연애로 연결 지으려는 그 사고방식, 굉장히 저질스러워."

저질스럽다.

저질스럽다니.

망연자실한 나를 내버려 두고 기요스미가 성큼성큼 걸어갔다. 이미 집이 눈앞에 보였다.

"잠깐 기다려! 저질스럽다니 그게 무슨 소리니!"

"저질스러우니까 저질스럽다는 거지. 어째서 구루미가 내 친구면 안 되는 거야?"

"네가 '친구?'라고 자신 없게 말하니 그렇지!"

"구루미도 나를 친구라고 생각하는지 잘 모르니까 그랬지."

"그것 보렴! 그 애는 네 여자친구가 되고 싶다고 생

각할지도 모르잖니!"

말문이 턱 막힌 기요스미를 제치고 현관 손잡이를 붙잡았다.

"……아무것도 모르는구나."

작은 목소리였다. 문을 여는 소리에 묻힐 만큼.

"부끄러워할 필요 없어. 이성에게 관심을 갖는 건 고등학생이라면 아주 건전하고 평범한 일이야."

커다랗게 울린 소리가 무엇인지 처음에는 제대로 이해하지 못했다. 기요스미가 바닥에 내동댕이친 가방과 떨리는 주먹이 눈에 들어왔다.

"그게 뭐야. 자기가 생각하는 '평범한 고등학생' 이미지에 맞아떨어지는 사람만 건전한 거야? 아까부터 구루미는 그런 게 아니라고 했잖아. 왜 제대로 안 들어? 백 보 양보해서 구루미의 마음이 그렇다고 해도 어째서 당신이 그런 소릴 해? 왜 아까부터 계속 내 얘기를 무시하고 혼자 멋대로 말해? 이상하지 않아?"

큰 소리에 놀란 어머니가 현관으로 달려왔다.

"부모한테 당신이라니, 무슨 말버릇이야!"

말꼬리를 잡는다는 걸 알지만 말하지 않을 수 없었다. 하나하나는 작은 가시지만, 한 바퀴 휘감기면 참을 수 없이 아프다. 아들이 내뱉은 '저질스럽다'는 말도, '당신'이라는 말도, 다른 상황이었다면 흘려 넘길수 있었을지 모르지만.

기요스미는 손도 씻지 않고 방으로 들어가 버렸다. 바닥에 방치된 가방은 납작하게 찌그러져 있다.

"사쓰코."

신발도 벗지 못하고 있는 내 손을 본 어머니가 희미하게 안쓰러운 표정을 지었다.

"이리 주렴."

어머니가 치킨 봉투를 받아 부엌으로 갔다. 실내로 이어지는 현관 문턱에 천천히 걸터앉았다. 팔에 힘이 들어가지 않는다.

등 뒤에 뭔가 따뜻한 게 와닿았다. 어머니의 손이라는 걸 깨달은 순간, 머리 위에서 목소리가 들렸다.

"얘야, 잠깐 같이 가줬으면 하는 곳이 있는데."

이탈리안 레스토랑이라는 간판이 있는 가게 인테리어는 역시 예상대로라고 할까, 흰색과 초록색, 빨간색으로 구성되어 있었다. 내 의자는 초록색이고 어머니가 앉은 안쪽 소파는 빨갛다. 그림을 조금 잘 그리는 초등학생이 그린 것처럼, 유치한 만큼 묘한 박력이 있는 벽화 속에서는 와인을 한 손에 들고 멋을 부린 수많은 이탈리아인(아마도)들이 입을 크게 벌리고 웃고 있었다.

"한번 들어와 보고 싶었거든."

메뉴를 펼치는 어머니는 기뻐 보였다.

"……와인은 잘 모르겠구나. 가게 사람한테 물어보자."

말릴 새도 없이 어머니는 점원을 불렀다. 메뉴를 가리키더니 이것저것 묻고 있다. 나는 거기에 끼어들 기력이 없어 요리 주문도 어머니에게 전부 맡겨버렸다.

"귀여운 손자 곁에 있지 그래?"

기요스미는 아마 엄마인 나보다 할머니를 더 좋아한다. 금방 나온 카프레제를 기쁜 듯이 바라보던 어머니가 눈을 동그랗게 떴다.

"곁에서 뭐라고 말하라고? 엄마랑 싸워서 힘들겠구나? 걔가 어린애도 아니고."

그저 오늘 여기에 와보고 싶던 차에 우연히 널 부른 것뿐인데? 부모 자식 싸움을 내가 왜 말리니, 흐흥, 하고 코웃음을 치며 와인글라스를 든다. 나도 한 모금 마셨다. 점원이 마시기 편하다고 말한 것처럼 황금색 술은 목구멍을 술술 타고 내려갔다.

"가끔은 이런 것도 좋잖니. 기요를 불러봤자 그 애는 아직 술은 못 마시니까. 미오는 늦게 돌아오고."

"잠깐, 엄마 너무 빨리 마시는 것 아니야?"

글라스가 비었다. 어머니는 "항상 이런데?" 하고 태연한 얼굴로 한 손을 들었다. 테이블로 다가온 점원에게 "맛있네요. 같은 거로 한 잔 더 주겠어요?"라고 말하는 모습은 이미 단골이나 다름없어 보였다.

생각해 보면 어머니의 주량이 어느 정도인지 모른다. 둘 다 집에서 술을 마시는 습관이 없다. 아이들이 어렸을 때는 패밀리 레스토랑 같은 곳에서 허겁지겁 먹는 게 '외식'의 실태였다.

기요스미가 열 살쯤 되자 가족끼리 외출하기 싫어해서 외식 기회 자체가 사라졌다. 어머니와 둘이서 마지막으로 외식한 게 언제였을까? 내가 미성년자 때였을지도 모른다.

한동안 실없는 대화("생햄과 프로슈토는 뭐가 다른 거니?", "몰라, 맛있으면 어느 쪽이든 상관없잖아" 등등)

를 하며 나오는 요리를 먹었다. 와인도 제법 마셨다.

부모 자식 싸움을 내가 왜 말리니, 흐흥. 어머니가 그렇게 말하니 오늘은 기요스미 이야기를 하지 말아야겠다고 생각했는데 정신을 차리고 보니 쌓인 감정을 줄줄이 읊고 있었다.

"그 애, 점점 까다로워져. 그렇지 않아?"

어머니가 가슴에 손을 얹고 뒤로 자빠지는 시늉을 했다.

"그래? 찾아보기 힘들 정도로 순순하고 착한 아이 같은데."

그건 분명 상대가 어머니이기 때문이다. 어머니는 누구에게나 세게 말하지 않는다. 그래서 모두 어머니 앞에서는 자연히 순순해진다. 알고는 있지만 나는 도저히 따라할 수 없다.

"엄마는 이해심이 많은 사람이니까. 훌륭해."

"그래?"

"하지만 좀 서운하기도 해. 엄마는 옛날부터 금방 '마음대로 하렴'이라고 하잖아. 조금 더 걱정해 줘도 되는 거 아니야? 아이에게 관심이 없어?"

어째서 피아노를 그만두고 싶다고 했을 때, 말리지

않았을까.

"그야 사쓰코는 자기 인생을 선택할 권리가 있는걸."

"그 말, 옛날부터 자주 했지."

어렸을 때도, 전문대 입시를 치를 때도, 젠과 결혼할 때도 어머니는 항상 그렇게 말했다.

"고마울 때도 있었지만 나는 내 아이는 그렇게 대하기 싫어."

어머니를 부정하는 것 같아 가슴이 아팠다. 하지만 그건 사실이다. 가라테를 가르치고 싶다고 하던 다케시타 씨가 친어머니보다 훨씬 나와 비슷하다.

"엄마는 늘 '네게는 실패할 권리가 있다'고 하지만, 나는 내 아이가 실패하지 않았으면 좋겠어."

"실패."

실패. 실패, 실패, 그래……. 어머니는 발그레해진 귓불을 잡아당기며 혼잣말처럼 중얼거렸다. '실패'를 한자로 어떻게 쓰는지 머릿속에 떠오르지 않아 난처한 것처럼 보였다. '실패(失敗)' 말고 다른 게 있을 리 없는데.

"사쓰코 생각대로 자라지 않으면 실패했다는 뜻

이니?"

"아니야. 아무리 그래도 아이를 내 마음대로 하고 싶다는 생각은 하지 않아."

거창하게 도쿄대에 들어가라거나 올림픽 대회에 나가라는 말을 하는 게 아니다. 적당히 괜찮은 수준으로 진학하고 취직하고 결혼하면 좋겠다. 혼자서 살아가지 않도록 가족을 만들길 바라는 것뿐이다.

"적당히 괜찮은 수준이 뭔데? 그 기준은 사쓰코가 정하는 거잖아?"

"그건……."

괜찮아, 기요는. 어머니가 몹시 무책임한 소리를 했다. 대체 무슨 근거로 그런 소리를.

"확실하게 좋아하는 게 있잖니. 그게 그 아이의 버팀목이 될 거야. 어떻게든 살아갈 수 있어."

좋아하는 것. 그게 문제다.

"좋아하는 것만으로는 먹고살 수 없으니 하는 말이잖아."

"먹고살 수 없는지 네가 어떻게 알아?"

"그야, 험한 세상이잖아. 그 애한테 걸출한 센스나 재능이 있는 것도 아니고."

"그러니까 그걸 네가 어떻게 알아? 걸출한 센스나 재능을 네가 꿰뚫어 볼 수 있니? 어떻게?"

"나는 개 엄마니까."

목소리가 조금 컸다. 밝았던 가게 안이 순간 고요해졌다. 어머니는 온화한 표정으로 나를 바라보고 있다.

그렇지 않은가, 기요스미는 나와 젠의 아이다. 아무 재능 없는 우리의. 젠이 이루지 못한 꿈을 어째서 기요스미라면 이룰 수 있다고 말할 수 있겠는가.

"기요가 디자이너가 되고 싶다고 했니? 그런 말은 아직 한마디도 하지 않았어. 사쓰코, 너무 앞서 나갔어."

"앞으로 말할지도 모르고, 말한 다음에는 늦어. 절대 못 될 거야. 엄마도 성공한 사람들이 나오는 다큐멘터리 봤잖아? 그런 〈정열대륙〉 같은 방송에 나오는 사람은 역시 다르단 말이야. 뭔가, 젠이나 기요하고는 풍기는 아우라가 완전 달라."

혀도 안 돌아가고 생각도 점점 엉켰다. 그저 기요스미는 특별한 아이가 아니라는 생각과, 어쨌거나 상처받지 말았으면 좋겠다는 생각이 빙글빙글 빙글빙글, 꽈배기엿처럼 한없이 쭉쭉 늘어났다.

"기요가 〈정열대륙〉에 나왔으면 좋겠어?"

"아이-참-, 아-니-야-."

놀리는 걸까? 와인글라스는 어느새 텅 비었다. 어쩔 수 없이 물을 벌컥벌컥 마셨다. 달아오른 목에 시원하게 스며들었다.

"분명 먹고살기 힘들지도 모르지. 기요는 앞으로 좋아하는 일에 매달리다가 가난하게 살지도 몰라."

어머니의 말을 듣는 것만으로 비참한 어른이 된 기요스미의 모습이 상상되었다. 집도 없이 PC방 파티션 안에서 컵라면을 후루룩거리는 기요스미. 《식용 야생초》 같은 제목의 책을 도서관에서 빌리는 기요스미. 공원 수돗가에서 챙겨 간 페트병에 물을 담는 기요스미. 상상만 해도 눈물이 났다.

"나는 그걸 인생의 실패라고 생각하지 않지만, 그걸 실패라고 한다면 그 애한테는 실패할 권리가 있는 것 아닐까?"

"또 그 소리야?"

실패할 권리. 들을 때마다 일말의 서운함을 느꼈다. 세상의 일반적인 기준으로 비춰볼 때 이 사람은 분명 훌륭한 어머니겠지만.

"내일 강수확률이 50퍼센트라고 치자. 너는 기요가 걱정되니 우산을 챙겨 가라고 하겠지. 그다음부터는 그 애 문제야. 무시하고 비에 젖거나 감기에 걸려도 그건 그 애 인생이야. 앞으로 감기에 걸리지 않기 위해 어떻게 하면 좋을지 고민할지도 모르고, 어쩌면 비에 젖는 것도 제법 기분 좋을지 몰라. 네 말을 듣고 우산을 챙겨 갔어도 날이 맑을 가능성도 있고. 그 애한테는 실패할 권리가 있단다. 비에 젖을 자유가 있어. ……그런데."

그런데. 고개를 숙이고 있어서 어머니가 그 말을 어떤 표정으로 말했는지 모른다.

"네 인생은, 실패한 인생이었니?"

치킨이 든 팩은 텅 비어 있었다. 깔끔하게 씻어서 버릴 생각인지 설거지 건조대에 뒤집혀서 놓여 있다. 밥그릇이 두 개 있는 것으로 보아 미오도 돌아와서 함께 식사한 것 같다. 두 사람 다 이미 자기 방에 들어갔는지 거실 불은 꺼져 있었다.

집에 돌아오자마자 어머니는 냉큼 욕실로 사라졌

146

다. 뜨거운 물을 쓰는 소리가 부엌까지 들려왔다.

행주로 밥그릇을 쓱쓱 닦아 선반에 넣었다. 그 아이들은 이제 곰돌이 밥그릇을 쓰지 않는다. 포개진 네 개의 밥그릇은 이제 기요스미의 그릇이 제일 크다.

몇 번이고, 헤아릴 수 없을 만큼 많이, 다 같이 밥을 먹었다. 이 밥그릇으로, 이 식탁에서, 이 집에서.

만약 과거로 돌아갈 수 있다 해도 나는 또 젠과 결혼하겠지. 그러지 않으면 미오와 기요스미를 만날 수 없으니까.

내 인생, 꼭 실패한 것만도 아니었을까. 아까 어머니가 던진 질문에 겨우 마음속으로 대답할 수 있었다. 남들 눈에 실패로 보이면 좀 어떤가 하는 생각도 들었다.

그렇지 않은가. 기쁜 일도, 즐거운 일도, 한가득 있었다.

뒤에서 무슨 소리가 나서 돌아보니 기요스미가 서 있었다.

"……할머니인 줄 알았네."

투덜거리듯 말하더니 내 옆을 지나갔다.

"할머니는 목욕하고 계셔."

아이들이 있을 때 나는 자연히 어머니를 '할머니'라고 부른다. 오늘 밤은 굉장히 오랜만에 '엄마'라고 불렀다.

기요스미는 인스턴트커피 병을 들어 머그컵에 바로 커피를 털어 넣었다. 대충 병을 흔드는 손짓. 젠도 저랬다. 어째서 저런 점을 닮는 걸까? 함께 살았던 건 갓난아기였을 때뿐이었는데.

"그만둬. 이렇게 늦은 시간에 커피 마시면 잠 안 와."

그렇게 말하고 손으로 입을 가렸다. 또 이런다. 아무래도 넘겨짚고 만다.

"안 자려고 마시는 거야. 곧 시험이니까."

기요스미는 짜증 내며 전기포트로 뜨거운 물을 따랐다.

드레스니 자수니 그런 생각만 하는 줄 알았더니 일단 공부도 하는 모양이다.

실패할 권리. 비에 젖을 자유.

한 손에 머그컵을 들고 부엌에서 나가려는 기요스미의 이름을 불렀다. 어느새 이렇게 자라서 나를 굽

어보는 아들. 나와 조금도 닮지 않은 아들. 이런 때에
도 똑바로 나를 바라보는 아들.

"⋯⋯아무것도 아니야. 잘 자."

기요스미의 윗몸이 아주 살짝 기울었다. 동요하는
것처럼. 혹은 긴장이 풀린 것처럼.

탯줄로 이어졌을 때도 우리는 하나가 아니었다. 하
나의 몸을 공유해도 당신하고 나는 다른 사람이잖아,
그렇게 말하듯 마음껏 움직이지 않았던가.

"안녕히 주무세요."

실패할 권리. 비에 젖을 자유. 내일 점심시간에 다
케시타 씨에게 어머니가 한 말을 그대로 들려주자.
내가 기요스미가 아닌 것처럼, 다케시타 씨는 내가
아니다. 그러니 어떻게 느낄지 알 수 없다. 하지만 그
녀에게 전하자. "이해해"가 아닌 다른 말도.

2층에서 무슨 소리가 희미하게 들렸다. 이어서 욕
실에서도 뜨거운 물을 쓰는 소리가 들려왔다. 지금은
아무도 없는 식탁에 두 손을 짚고 눈을 감았다. 아직
조금 취기가 남아 있어서 세상이 빙글빙글 도는 것
같았다.

이제 몇 시간만 지나면 아침이 된다. 태어나고

40여 년 동안, 이곳에서 아침을 맞이하고 또 맞이했
다. 어제는 오늘로 이어지고, 오늘은 내일로 이어진
다. 하지만 내일 아침은 지금까지와 아주 조금 다른
아침이 되면 좋겠다. 그렇게 만들 수 있다면 좋겠다.
그런 생각을 하며 천천히 눈을 떴다.

제4장

풀
사
이
드
의
개

눈물이 나오려 할 때는 눈을 꾹 감고는 했다. 거의 70년 전 어렸을 때 이야기다. 눈을 꾹 감으면 눈물이 흐르기 전에 멈추니까.

밖에서 눈을 감으면 세상은 깜깜한 게 아니라 새빨개진다. 손으로 태양을 가려도 빨갛게 보인다. 내 몸 구석구석까지 피가 통한다는 사실을 그때 알았다.

임대 주택에서 살았다. 똑같이 생긴 집 여섯 채가 함께 모여 있었다. 사는 사람은 탄광 인부와 그 가족. 단지 안에는 시냇물이 흘렀다. 아이가 뛰어넘을 수 있을 만큼 좁고 얕았다.

여섯 채의 집에 내 또래 여자아이는 한 명도 없었다. 열 살 넘게 차이 나는 언니나 남자아이들뿐. 여동생은 아직 태어난 지 얼마 되지 않아 어머니 등을 독

점하고 있었다.

아이가 지금보다 훨씬 많은 시절이었다. 단지 밖으로 나가면 그 부근에 비슷한 또래 여자아이가 있겠지만 적극적으로 친구를 찾으러 가지는 않았다.

꽃을 따서 잎으로 만든 배에 얹어 시냇물에 흘려보내거나, 나뭇가지로 땅에 그림을 그렸다. 그렇게 혼자 노는 것으로 충분히 만족스러웠다.

여름에는 신발을 벗고 시냇물에 발끝을 담그고 놀았다. 발가락으로 반짝반짝 빛나는 물을 가르며 간질간질한 감촉을 즐겼다. 물에 들어가는 걸 좋아했다. 해수욕을 하러 간 적은 단 한 번뿐이었지만.

오사카에서 태어난 아버지는 자주 직업을 바꾸는 사람이라, 거기에 맞춰 우리 가족이 사는 곳도 전국 단위로 바뀌었다. 가장 오래된 기억인 그 탄광 마을은 효고. 그리고 와카야마, 교토, 시가를 거쳐 내가 중학생이 될 때 겨우 오사카 네야가와에 정착했다.

탄광에서 일하던 무렵의 아버지는 '감독'이라 불렸다. 밤이 되면 때때로 술에 취한 젊은 남자들이 찾아와 고함을 질렀다. 그들이 오면 어머니는 내게 부엌 식칼을 이불 밑에 숨기라고 했다.

"저 사람들 왜 화내는 거야?"

주정뱅이의 고함 소리는 몹시 알아듣기 힘들어서 그들이 뭐라고 하는지 전혀 이해할 수 없었다.

"남자들 세계는 이런저런 사정이 있단다. 너는 알 필요 없어."

가위에 수건을 감으며 어머니는 긴장한 표정으로 내게 속삭였다. 세상은 남자 세상과 여자 세상으로 나뉘어 있다는 것을 알았다. 현관 앞에서 소리를 질러대는 남자들은 확실히 나나 어머니와는 다른 생물처럼 느껴졌다. 우락부락한 몸도, 코밑과 턱에 난 시커먼 수염도.

집 안의 날붙이들을 숨기던 어머니가 두려워한 게 아버지가 찔리는 일이었는지, 아니면 아버지가 누군가를 찌르는 일이었는지 이제는 알 길이 없다.

아버지 역시 '온후'하거나 '온화'하다는 말과는 거리가 먼 사람이었지만 내게는 다정했다. 시냇물 옆에서 놀고 있으면 아버지는 자주 나를 보러 왔다.

"아빠, 이거 드세요."

잎으로 만든 그릇에 토끼풀 밥을 담아서 건네면 아버지는 눈을 가늘게 뜨고 우걱우걱 먹는 시늉을 했다.

"맛있구나, 맛있어. 후미에는 요리를 잘하는구나. 바느질도 잘하고 미인이니 훌륭한 신부가 될 거야."

신부. 그렇게 따라하는 내 머리를 아버지가 쓰다듬었다.

"여자는 힘으로는 남자를 못 당해. 그러니 같은 기준으로 이기려 하면 안 돼. 여자는 남자보다 예쁘고 현명하지. 예쁘고 현명하니까 그렇지 않은 남자의 입장을 항상 배려해 줘야 해. 훌륭한 신부는 그런 거란다."

갑자기 그림자가 드리웠다. 올려다본 아버지의 모습이 그냥 검은 덩어리로 변한다. 머리를 쓰다듬는 아버지의 손은 한없이 다정한데, 뭔가 커다란 덩어리가 목에 걸린 듯한 이 감각은 뭘까?

"……니, 할머니."

커다란 손이 이마에 닿아 화들짝 정신이 들었다. 기요스미가 내 얼굴을 들여다보고 있다는 걸 알아도, 기요스미가 내 손자이고 내가 일흔네 살의 '할머니'라는 사실을 깨닫기까지는 몇 초가 걸렸다. 강물의 감촉도 아버지의 목소리도 그만큼 생생했다.

천천히 몸을 일으켰다. 젊었을 때처럼 벌떡 일어나

지 못하게 되었다. 목을, 어깨를, 허리를, 아픈 부분을 달래듯 조금씩 조금씩 움직이지 않으면 큰일 난다.

몸에 홑이불이 덮여 있었다. 설거지를 하고 조금 쉬려고 누웠다가 어느새 잠들었던 모양이다.

시곗바늘은 오전 11시를 지나고 있었다. 아직 머리가 멍해서 시간을 보는 것뿐인데 몹시 애를 먹었다.

"기요, 학교는?"

"여름방학이야, 어제부터."

"……아아, 그랬지."

뺨을 찰싹찰싹 두드리는 나를 기요스미가 꼼짝도 하지 않고 바라보고 있다. 드디어 치매가 왔나, 하고 걱정하는 건지도 모른다.

"왠지 힘들어하는 것 같아서 깨웠는데 괜찮아?"

"괜찮다. 고맙구나."

다다미 바닥이 새하얗다. 기요스미가 하얀 천을 펼쳐놓았기 때문이다. 이 원단을 사려고 함께 센바 센터빌딩에 간 게 5월이었다.

"누나 웨딩드레스를 내가 지을 거야"라고 기요스미가 말을 꺼낸 게 4월. 지금은 7월이다. 결혼식은 10월. 그런데 아직도 가봉 단계 다음으로 넘어가지 못하고 있다.

부모님이 살아계셨다면 두 분 다 "남자가 드레스 바느질을 해?"라고 눈을 휘둥그레 떴을지도 모른다. 옛날 사람이니까. 남자 세상, 여자 세상. 아버지와 어머니의 머릿속에서 세상은 뚜렷하게 분단되어 있었다. "어차피 시집갈 테니 대학에 갈 필요 없다"라고 말하는 그들에게 딸의 진로를 방해할 강한 의지는 없었을 터였다. 당연하다는 표정으로 그렇게 말하는 부모님을 마주하자 커다란 덩어리가 목에 걸린 듯한 그 감각이 선명하게 되살아났지만, 그런 내가 비정상인 건 아닐까 두렵기도 했다.

하지만 지금은 더 이상 남자 여자를 따지는 시대가 아니다. 그럴 것이라 믿는다.

그래서 기요스미가 초등학생 때 "할머니한테 바느질 배우고 싶어"라고 말했을 때도 제대로 가르쳤다. 이 아이는 손끝이 야무지고 인내심도 강하다. 다른 사람이 하는 말을 똑바로 듣는다. 실패해도 굴하지 않는다. 그래서 가르치는 게 즐거웠다.

"사쓰코는 정말 바느질을 싫어했는데."

세 번째 유산 끝에 겨우 태어난 하나뿐인 내 딸. 그

게 사쓰코였다. 사쓰코에게 쏟는 남편의 애정은 아버지가 내게 쏟은 사랑과는 완전히 달랐다. 앞으로는 여자도 당당하게 일하는 시대야, 그렇게 말하며 사쓰코가 관심을 갖는 일은 뭐든 시켰지만 내가 '당당하게' 일하는 건 싫어했다. 이웃에게 "집사람이 하는 일은 어차피 용돈벌이 수준이라"라고 말하는 것을 들은 적이 있다. 어느 집은 부인이 더 많이 번다더라며 입술을 일그러뜨린 것도 기억한다. 남의 집 일인데도 몹시 불쾌하다는 듯이.

슈퍼마켓에서, 건설 현장 사무실에서, 시청 시간제 계약직으로, 건강음료 배달원으로, 나는 계속 일했다. 어느 직장에도 친절한 남자가 있어서 "여자한테 그런 일을 시킬 수는 없지요"라며 무거운 짐을 들어주거나, 내가 간단한 계산 실수를 해도 탓하지 않고 "여자는 숫자에 약하니까요"라고 웃으며 넘어가 주었다.

남편의 심기를 거스르지 않으려고 눈치를 볼 필요는 없었다. 어디에 가나 파트타이머인 내 수입은 남편의 벌이에 미치지 못했다. 아무리 애를 써도.

만약 대학을 나왔더라면, 번듯한 회사에 들어갔더라면, 그런 생각은 하지 않으려 했다. 이러저러했다면, 그렇게 따지기 시작하면 끝이 없다.

"사쓰코는 남편감을 데려와서 이 집에서 쭉 살아야
한다."

아주 어렸을 때부터 그런 말을 들으며 무럭무럭 자
란 사쓰코는 스물두 살 때 정말로 '남편감'을 집에 데
려왔다. 배 속에 아이도 있었다.

남편은 순서가 바뀌었다는 사실에 난색을 표했지
만 사쓰코 부부가 이 집에서 사는 것에는 만족하는
눈치였다. '마쓰오카'와 '다카나시', 현관 문패가 두 개
가 되었다.

기요스미가 팔짱을 끼고 다다미 위에 펼친 가봉한
웨딩드레스를 굽어보고 있다. 미간에는 주름이 잔뜩
잡혔다. 분명 저 자그마한 머릿속으로 정신없이 궁리
하고 있겠지.

가슴께가 파인 건 싫다, 소매가 없는 건 싫다, 리본
은 달지 말아달라, 그런 미오의 자잘한 주문에 기요
스미는 정말로 인내심 있게 응했다.

그렇게 해서 겨우 형태를 갖추었는데 어제 또 미오
가 "뭔가 달라"라는 말을 꺼냈다.

"뭔가라니 뭐가? 무슨 뜻이야?"

"잘 표현 못 하겠는데, 달라."

밤늦게까지 그렇게 옥신각신하더니 결론이 나지 않은 모양이다.

대체 뭐가 다르다는 걸까? 기요스미가 입술을 비죽거리는 것도 당연하다. 미오의 생각은 옛날부터 알기 어려웠다.

하지만 미오는 최근 약간 분위기가 바뀌었다. 전에는 회색이나 남색 옷만 입었는데 지난번에 옅은 하늘색 블라우스를 입었다.

"어머나, 잘 어울리는구나. 리넨이니?"

내 칭찬에 미오는 그저 어리둥절한 표정으로 눈을 동그랗게 떴다.

"리넨이 무슨 뜻인지 몰랐던 것 아니야?"

그 이야기를 들은 기요스미는 드레스를 옷걸이에 걸면서 고개를 저었다.

"그렇잖아, 누나는 자기 옷이 어떤 원단으로 만들어져 있는지 관심 없을걸."

그럴 수가 있을까? 지금까지 한 번도 '리넨'이라는 말을 들은 적 없이 살아왔다는 걸까, 내 손녀는? 이해할 수 없다.

"아, 그러고 보니 드레스, 아버지랑 의논해 봤니?"

아버지. 사쓰코와 이야기할 때 그 단어는 지금은 세상을 떠난 남편을 가리키는 말이고, 미오나 기요스미와 대화할 때는 사쓰코의 헤어진 남편을 가리킨다. 그가 '사위'로 이 집에서 함께 살았을 때는 '젠 씨'라고 이름으로 불렀다.

"했지. 하지만 도와주는 건 안 되겠대."

젠 씨와 사쓰코가 이혼한 것은 기요스미가 한 살 때였다. 사쓰코는 '인내심의 한계'라는 표현을 썼다. "이혼 이유는 인내심의 한계 때문이야"라고. 그렇게 '사위'는 혼자서 이 집에서 쫓겨난 꼴이 되었다.

그 무렵의 젠 씨는 오사카 시내에 있는 그럭저럭 유명한 의류 브랜드에서 일했다. 지금은 아니다. 봉제 공장을 경영한다는 학교 동창 밑에서 양복을 짓는 모양이다.

"안 된다니, 왜?"

내가 오랜 세월 해온 것은 자수나 뜨개질 같은 수예로, 양재는 또 다른 영역이다. 경험이 없는 건 아니지만 치마나 옷본이 간단한 원피스만 몇 번 만들어보았을 뿐이다.

지식도 기술도 있는(그럴 터인) 젠 씨의 힘을 빌릴 수 있다면 그게 최선인데.

"음, 잠깐만. 읽어줄게."

기요스미가 주머니에서 스마트폰을 꺼냈다.

"나는 아버지 역할을 하나도 하지 못했어. 그런데 딸의 결혼식 드레스를 짓는다고 나서는 건 잘못된 것 같아. 미안한 마음도 있고. 삿 쨩도 그다지 기분이 좋지 않을 거야. 기요가 나를 의지해 준 건 정말 기쁘지만…… 이라는데 어떻게 생각해?"

글쎄, 젠 씨의 마음은 모르는 바도 아니다. 이혼했지만 결코 나쁜 사람이 아니었다. 섬세하고 다정했다. 그저 조금 세상 물정을 모르고, 결정적으로 가정생활이 맞지 않았을 뿐이다.

가정생활이 맞지 않는다는 것을 차라리 스스로 몰랐더라면 편했을 텐데, 젠 씨는 안다. 뻔뻔하게 "무슨 상관이야, 이혼해도 내 아들딸이야, 불만 있어?"라고 말할 만큼 마음이 강하지도 않다. 가여운 사람.

"뭐, 드레스는 일단 보류하고…… 오랜만에 자수라도 놓으면 어떠니?"

스마트폰 화면을 노려보고 있던 기요스미의 미간이 순간 누그러졌다.

"응, 그럴게."

이 아이는 자수를 놓을 때가 가장 즐거워 보인다. 실을 포개는 것은 그림을 그리는 것처럼 재미있다고 한다.

기요스미의 손안에서 스마트폰이 울렸다. 화면을 힐끔 보더니 "어, 갑자기?" 하고 혼자 중얼거리기 시작했다.

"왜 그러니?"

"……할머니, 내일 집에 친구 불러도 돼?"

기요스미의 친구. 집에. 기요스미의, 친구가. 집에.

"물론, 물론 되고 말고, 물론이지!"

흥분한 나머지 몸을 불쑥 들이밀었다. 힘이 넘쳐서 기요스미의 무릎에 손을 짚고 말았다. 조금 놀란 얼굴로 기요스미가 "아, 응, 고마워" 하고 몸을 젖혀 내게서 달아났다.

집에 부른다는 기요스미의 친구가, 남자아이일 거라고만 생각했다.

"실례합니다."

현관에 선 자그마한 소녀가 유난히 정확한 각도로 고개를 숙였다. 덩달아 슬리퍼를 내놓는 내 동작도 묘하게 조심스러워졌다.

"또 한 명은 늦게 온대."

오늘은 이 여자아이가 미야타라는 소년과 기요스미에게 수학을 가르쳐줄 예정이라고 한다. 미야타의 제안이었다고.

"다카스기 구루미입니다."

"구루미는 성적이 좋아서 항상 전교 10등 정도야."

자기 일처럼 자랑한다.

"기요, 10등 정도 하는 건 미묘하니까 너무 그렇게 말하지 마."

"왜? 그렇게 많은 애들 중에서 열 번째면, 대단한 일이잖아."

다카스기, 다카스기 구루미. 입속으로 몇 번 반복하다가 기억해 냈다. 이 아이, 아는 아이다.

"기요 군하고 초등학교도, 중학교도 같이 다녔어요."

아, 역시. 가슴 앞에 두 손을 모았다. 분명 아버지가 학교 선생이고, 미오가 중학교 1학년 때 담임이었다.

"그래, 다카스기 선생님 따님이구나."

이거, 어머니가 가져가라고, 그렇게 말하며 구루미가 종이봉투를 내밀었다.

"어머니가 굉장히 맛있는 가지피클이래요."

"어머, 고맙구나. 가지피클 정말 좋아하는데."

별것 아니라며 건네주는 것보다 훨씬 기쁘다. 투명한 봉투에 든 매끈한 보랏빛 가지가 옅은 하늘색으로 물든 촛물 속에서 기분 좋게 둥실거리고 있다. 부엌으로 이동해 바로 접시에 담아 하나 집어 먹어보니 아삭, 기분 좋은 소리가 났다.

"어머나, 신선하고 정말 맛있구나."

다행이다, 구루미가 그렇게 말하며 가슴에 손을 댔다. 웃으면 눈매가 가늘어져 천진한 표정이 된다.

구루미가 어린아이 같은 얼굴로 식탁에 공책과 교과서를 펼치기 시작했다.

"여기서 공부하려고?"

"응, 넓고 냉장고도 있으니까."

식탁 위에 놓인 기요스미의 스마트폰이 울렸다. 아, 미야타다, 하고 중얼거리더니 집어 들었다.

"집을 못 찾겠대. 나가서 데리고 올게. 다리 있는 데까지."

손자가 사라지니 갑자기 고요해졌다. 아무래도 어색한데. 구루미는 태연한 태도로 공책에 뭔가를 써 내려갔다.

"여자아이인데 수학을 잘하다니 대단하구나."

침묵을 채우기 위해 별 뜻 없이 한 소리에 구루미가 고개를 번쩍 들었다. 이 아이는 약간 기요스미를 닮았다. 상대를 똑바로 바라보는 점이.

"성별은 상관없다고 생각해요."

깜짝 놀라 숨이 멎을 뻔했다. 무엇에 놀랐느냐면, 내 발상이다. 여자아이인데, 라니 어떻게 그런 말을.

"그래, 그렇지. 미안하구나."

나는 대체 어떤 표정을 짓고 있을까. 구루미가 허둥지둥 두 손을 저었다.

"아니에요. 그런 말은 자주 들어요. 하지만 남녀의 수학 능력에 차이는 없다는 논문도 있어요. 아, 물론 그런 논문이 있다고 인터넷 기사로 읽었을 뿐이지만요. 그러니까."

배려하는 말투로 설명하니 더 민망했다. 몰랐으면

어쩔 수 없죠, 할머니. 이 아이는 어쩌면 지금 그런 마음일지도 모른다.

남자 주제에, 여자 주제에. 자손들은 그런 문제로 고통받지 않아도 되는 시대에 살기 바랐다. 그런 한편 '여자는 남자보다 못하다'는 생각은 지금도 여전히 내 온몸을 갉아먹고 있다. 아무 생각 없이 "여자아이인데 수학을 잘하다니 대단하구나"라는 말이 무심코 입에서 튀어나온다.

구루미가 또 뭐라고 말하려는데 현관문 열리는 소리가 났다. 왁자지껄 큰 소리가 들렸다. 기요스미 뒤에서 살갑게 웃는 남자아이가 등장했고, 또 그 옆에는 아무리 봐도 초등학생으로 보이는 소년이 붙어 있었다.

"미야타네 동생, 하야토."

아직 초등학교 1학년이라 혼자 집에 둘 수 없어 데려왔다고 한다.

초등학생 남자아이가 올 줄은 몰랐다. 그것은 기요스미도 마찬가지였는지 "할머니, 주스 같은 거 있었나?" 하고 허둥거렸다.

"아, 괜찮아. 신경 쓰지 마. 마실 건 가져왔어."

미야타 말대로 하야토는 물통을 크로스백처럼 메고 있었다. 그리고 우리가 걱정하든 말든 아랑곳없이 가방에서 휴대용 게임기를 꺼내 놀기 시작했다.

"할머니라고요? 기요네 어머니인 줄 알았어요."

"어머나."

요즘 남고생은 어쩜 저리 넉살이 좋을까. 중학생 때까지 줄곧 친구가 없었던 기요스미가 미야타와는 자연히(그렇지 않을지도 모르지만) 친구가 될 수 있었던 이유를 알 것 같았다.

"하야토, 너도 여름방학 숙제해야지."

미야타가 형답게 타일렀다.

"아침에 다 했어."

게임기 버튼을 엄지로 연타하면서 하야토가 콧방귀를 뀌었다. 미야타는 조금 섭섭한 눈치였다.

"네 동생 착실하네."

"그치. 아마 나보다 똑 부러질걸."

남고생 두 사람은 반성하는 표정으로 서로 마주 보고 끄덕였지만 아무리 똑 부러진다고 해도 완전히 내버려둘 수는 없다. 일단 과자라도 사 오기 위해 밖으로 나왔다.

기온이 체온과 똑같으니 정말 힘이 쭉 빠진다. 아직 해가 중천에 오른 것도 아닌데 아스팔트는 벌겋게 달구어진 프라이팬 같았다. 태양이 이글이글 가차없이 목덜미와 손등을 태웠다. 양산을 들고 올 걸 그랬다.

과자가 아니라 아이스크림이 나을까. 기요스미가 친구를 데려오다니 처음 있는 일이라 어쩌면 좋을지 모르겠다. 미오의 친구는 몇 명 왔었지만 다들 여자아이였고, 인사도 하는 둥 마는 둥 하고 미오의 방에 들어가 버렸다. '손자가 친구를 불러서 공부할 때 올바른 할머니의 행동'이 어떤 것인지 잘 모르겠다. 그래, 점심은 어쩌려나. 만들어줘야 하나. 아니면 뭔가 먹고 오라고 기요스미에게 용돈을 주는 게 나을까.

이를 어쩐다. 머릿속으로 고민하느라 길 반대편에서 누가 이름을 부르는 소리를 못 들었다.

고민하지 않았어도 마찬가지였을지 모른다. 요즘에는 할머니, 혹은 사모님이라는 호칭 말고는 들을 일이 없다. 나를 '후미에'라고 이름으로 부르는 사람은 주위에 거의 남지 않았다.

"후미 짱! 후미에 짱!"

길 반대편에서 큰 소리로 이름을 부르는 것은 마키 짱이었다. 중학교 동창이었던 마키 짱. 어른이 되고 나서도 만났지만 최근 몇 년 동안 뜸했다. 아니, 연하장은 계속 주고받았지만 못 본 지 벌써 20년쯤 되었을지도 모른다. 하지만 얼굴을 보니 바로 알아볼 수 있었다.

"어머나, 마키 짱! 오랜만이야!"

"세상에, 후미 짱을 닮은 사람이 있네 싶어서 보고 있었더니, 역시나 후미 짱이었어."

우리는 몇 번이고 몇 번이고 "어머나", "세상에" 하고 서로의 팔을 두드렸다.

"후미 짱, 변한 게 없네. 나이를 하나도 안 먹었어."

그렇게 말하는 마키 짱은 살이 쪘다. 얼굴이 동그랗다. 하지만 덕분에 오히려 나이보다 젊어 보였다.

"여기엔 무슨 일이야?"

분명 히라카타 쪽에 살았을 터였다.

"증손자가 태어났어. 그래서 얼굴 보러 왔지."

"어, 어머나, 축하해."

증손자라는 말의 울림에 순간 현기증이 났다. 증손자. 생각해 보면 참 긴 세월을 지나왔다. 세일러 교

복을 입던 시절, 우리는 꽃도 수줍어하던 소녀들이었
는데.

꿈이 있었지, 우리. 누군가에게 그렇게 소중한 이
야기를 들려주고 싶다. 교실에서, 교정에서, 과자를
먹으며, 서로의 머리를 땋아주며 이야기를 나누었다.
통역가가 되고 싶다, 백의의 천사도 멋져, 이왕 하려
면 의사.

구체적인 장래 목표는 아니었다. 동경하는 스타를
만나고 싶다거나 사막에서 낙타를 타보고 싶다는 말
과 비슷한, 뜬구름처럼 달콤한 꿈. 그 달콤한 꿈을 현
실로 바꾸려면 먼저 부모와 싸워서라도 배울 환경을
거머쥐어야 한다는 것을 깨달은 것은 조금 더 지난
뒤의 일이었다.

"맞다, 나 지금 훌라 댄스 배워."

마키 짱이 가슴을 폈다.

"훌라 댄스?"

바로 머릿속에서 머리에 히비스커스꽃을 꽂은 마
키 짱이 춤을 추기 시작했다. 실제로 본 적도 없는데
이 눈으로 직접 본 것처럼 뚜렷하게 상상할 수 있다.
그 정도로 '마키 짱'과 '훌라 댄스'는 납득이 가는 조

172

합이었다.

"왜, 저쪽에 커다란 스포츠 클럽 있잖아? 버스로 데리러 와주니까 다니기도 편해. 후미 짱, 함께 추지 않을래? 즐거워."

"음…… 그래, 그거 즐겁긴 하겠네."

"좀 생각해 봐."

가방을 주섬주섬 뒤적거리던 마키 짱은 모서리가 약간 구겨진 전단지를 내게 떠안기고 증손자가 기다린다는 맨션으로 서둘러 이동했다.

'친구 소개 이벤트'라고 적힌 전단지에는 소개한 상대가 등록하면 소개한 쪽과 소개받은 쪽에게 기념품과 한 달 치 수업료를 천 엔 할인해 주는 쿠폰을 증정한다는 내용이 적혀 있었다. 마키 짱은 분명 이것을 노리는 것이다.

하여간 알뜰하다니까. 쓴웃음을 지으며 슈퍼마켓으로 걸음을 뗐다. 갑자기 움직인 탓에 허리에 결코 가볍지 않은 통증이 치달았다.

기름 속에서 먹기 좋게 손질한 갯장어가 둥실 떠올랐다. 뒤집자 튀김옷이 맛깔스러운 황금색으로 변해 있었다.

"기요, 슬슬 된장국 좀 뜨렴."

"네."

국그릇을 네 개, 세로로 늘어놓는다. 국자를 자연스럽게 다루는 손자의 솜씨를 곁눈질로 보다가 허리를 문지르며 갯장어 튀김을 건져 쟁반에 놓았다. 바삭바삭 맛있게 튀겨졌다고 혼자서 내심 기뻐했다.

미오가 쉬는 날이라 오늘은 네 사람이 다 모였다. 보습학원에서 일하는 미오는 귀가가 늦는 날이 많아 함께 식사할 기회가 적다. 앞으로 몇 달 후면 시집갈 미오와 식탁에 함께 앉을 기회는 이제 그리 많지 않으리라. 오랜만에 갓 만든 튀김을 먹여주고 싶다.

"맛있는 냄새."

사쓰코가 코를 벌름거렸다. 이 아이는 요리는 싫어하지만 먹는 건 좋아해서 옛날부터 요리를 하고 있으면 자주 이렇게 곁으로 다가왔다.

넷이서 나란히 자리에 앉아 두 손을 모았다.

"마키 짱이 벌써 증조할머니라더라. 깜짝 놀랐어."

"할머니도 금방 그렇게 될 텐데. 그렇지, 미오?"

젓가락을 쓰면서 동의를 구하는 사쓰코에게서 미

오가 재빨리 눈길을 돌렸다.

"당장 아이라니, 그런……."

"왜? 결혼한다는 건 그런 뜻이잖아."

사쓰코는 아마 임신하기 쉬운 체질이리라. 미오 때도, 기요스미 때도 '방심했더니' 임신했다고 그랬다. 다른 여자도 모두 그렇다고 착각하고 있다. 여자는 다들 원하면 쉽게 아이를 가질 수 있다고.

내가 낳았다고 믿을 수 없을 정도로 튼튼하고, 튼튼하기 때문에 조금 무신경한 딸.

미오는 시선을 떨어뜨린 채로 된장국이 담긴 그릇에 입을 댔다. 기요스미는 아이 얘기에 전혀 관심을 보이지 않고 텔레비전을 보면서 입에 밥을 밀어 넣고 있다. 다람쥐처럼 볼록한 뺨이 오물오물 움직인다. 텔레비전 화면 속에서는 내가 본 적 없는 연예인이 도쿄 어느 거리에서 본 적 없는 음식을 먹는 참이었다.

"훌라 댄스를 같이 배우자고 하더라."

기요스미가 고개를 돌려 쳐다보았다.

"다닐 생각은 없지만."

그럴 줄 알았다는 듯이 사쓰코와 미오가 고개를 끄덕거렸다. 이 두 사람이 마키 짱에게 같이 다니자는 말을 들었다면 잠시도 주저하지 않고 "그만둬", "부담스러워"라고 거부하겠지. 춤을 즐기는 타입이 아니다.

기요스미가 입안에 든 음식을 꿀꺽 삼키는 소리가 유난히 크게 들렸다.

"왜, 해보지?"

"뭐어?"

사쓰코와 미오가 한목소리를 냈다.

"할머니도 바느질은 눈이 피곤하고 어깨도 결려서 힘들다고 했잖아. 그럼 차라리 몸을 움직이는 취미가 나을 것 같아서."

몸을 움직이는 취미. 그것은 나도 고민한 문제였다. 최근 자신의 노화를 하루하루 느낀다.

가급적 짐이 되고 싶지 않다.

사쓰코는 단 하나뿐인 딸이다. 장래에 내가 어떤 상태가 되든 어떻게든 직접 돌보려 할 게 틀림없다. 그게 정답이라고 믿고 있고, 믿어버리는, 튼튼한 딸이니까.

"몸을 움직이는 건 좋지만, 기왕 할 거면……."

마키 쨩이 건네준 전단지를 꺼내서 바라보았다. 기

왕 할 거면. 하지만 그 마음을 입에 담으려면 용기가 필요하다.

"아, 그리고 보니 누나네 학원, 한 달에 얼마야? 안내문 있어? 미야타네 동생이 학원에 가고 싶다고 해서."

말을 잇지 못하는 내게 힐끔 시선을 던진 기요스미가 조금 갑작스럽게 화제를 바꾸었다.

"동생이 몇 살인데?"

"초등학교 1학년."

"초등학교 1학년짜리 아이가 자기 입으로 학원에 가고 싶다고 해? 굉장하네."

"공부 열심히 해서 국경없는의사회에 들어가고 싶대."

우와아. 사쓰코와 미오가 또 한목소리를 냈다. 참 똘똘해 보였던 미야타의 남동생. 그렇게 작은 아이가 '국경없는의사회'를 알고 있고, 한발 더 나아가 거기에 들어가고 싶다고 한다. 분명 놀랄 일이다.

"기요도, 그……."

사쓰코가 뭐라고 말하려다가 허둥지둥 입에 밥을 쑤셔 넣었다. 여름방학이 시작되기 얼마 전에 기요스미와 사쓰코는 다투었다. 다툼이라고 부를 수 있을지 모를 정도로 사소한 언쟁이었지만 지금까지 사쓰코가 하는 말은 전부 적당히 흘려듣던 기요스미와 거기에 익숙해진 사쓰코에게는 상당히 큰 사건이었다고 할 수 있다. 당혹감, 망설임. 그런 감정이 터지지 않는 비눗방울처럼 두 사람 사이에 항상 떠다녔다.

"그럼 내일 체험 수업 안내문 좀 받아다 줄게."

"응, 부탁해."

그런 대화를 나누는 남매를 살펴보며 잘 먹었다고 두 손 모아 인사했다.

집안일은 미오가 빨래, 기요스미와 내가 주로 요리, 사쓰코가 청소를 맡아서 한다. 설거지만큼은 '자유 업무'라고 부르며 담당이 없다. 전에, 즉 내 남편이 살아 있을 때와 젠 씨가 이 집에 살았을 때 집안일은 사쓰코와 나, 두 사람의 몫이었다. 담당은 당연히 없었고 먼저 발견하는 쪽이 하는 방식.

대개 딸이 나보다 먼저 눈치챈다. 그것이 사쓰코의 가장 큰 불행이었다. 식탁에 그대로 놓여 있는 찻잔도, 가득 찬 휴지통도, 누구보다 빨리 발견한다. 더군다나 사쓰코는 천성이 바지런하다. 보고도 못 본 척하지를 못한다. 그렇다고 집안일을 즐기는 타입도 아니다.

혼자서 이것도 저것도 하겠다고 애쓰다가 폭발해 버렸다. 어느 날 갑자기 "이제 지겨워, 전부 싫어!"라고 울부짖더니 급기야 이혼해 버렸다. 만약 그때 집안일을 분담하는 제도가 있었어도 딸 부부는 이혼했을까? 뒤늦은 후회지만 자꾸 그런 생각이 든다. 너무 바빠서 여유 없는 상황이 짜증을 부르고, 남편에 대한 분노를 키우는 연료가 되어버린 게 아닐까.

접시를 다 씻은 내게 냉동실을 들여다보던 사쓰코가 물었다.

"이 아이스크림 먹어도 돼?"

"물론. 너무 많이 샀어, 먹어, 먹어."

기요스미가 친구를 데려온다는 사태에 어지간히 들떠 있었던 모양이다. 오랜만에 마키 짱을 만나서 흥분하기도 했다. 무심코 냉동실이 꽉 찰 정도로 아이스크림을 사고 말았다.

기요스미와 미오는 둘 다 자기 방에 들어간 것 같았다.

"바로 목욕 좀 하지."

사쓰코는 투덜거리면서 바닐라 아이스크림 뚜껑을 열었다.

"아, 가라테."

갑자기 무슨 소리를 하나 했더니 식탁 위에 올려둔, 마키 짱에게 받은 스포츠 클럽 전단지를 바라보고 있었다.

언제였던가, 사쓰코가 기요스미에게 가라테나 유도를 가르치려고 안간힘을 썼던 시기가 있었다. 몸을 지키기 위해서라고 했다. 그게 진짜 이유라면 미오에게 똑같이 권해도 됐을 텐데 "미오는 여자애잖아"라고 고집을 부렸다.

나도 아이스크림을 하나 골라 사쓰코 정면에 앉았다. 마키 짱이 다니는 스포츠 클럽에는 훌라 댄스나 가라테 말고도 스무 종류가 넘는 수업이 있는 듯했다. 작은 사진을 모자이크 그림처럼 박아놓은 전단지에서 한참 시선을 떼지 못했다.

오른쪽 위에 배치된 풀장 사진. 수영모를 쓴 아이가 웃으며 킥판을 끌어안고 있다.

기왕 할 거면. 아까 하려던 말이 다시 입 밖으로 나오려 했다.

"수영?"

내 시선을 눈치챈 사쓰코가 의아한 듯 중얼거렸다. 깜짝 놀라서 그만 솔직하게 고개를 끄덕이고 말았다.

헤엄을 좋아했다. 헤엄이라기보다 물속에 들어가는 것이. 물에 닿는 일, 그 자체가.

어렸을 때 발을 담갔던 시냇물. 발가락 사이를 빠져나가는 살랑거리는 물의 감촉. 차가운 물속에 몸을 담글 때의 심장이 오그라드는 느낌. 물속에 들어가면 소리가 들리지 않는 그 불안한 느낌.

"하지만 풀장에 안 간 지 벌써 몇십 년이나 되니까."

내가 중얼거리자 아이스크림을 뜨던 손길을 멈추고 사쓰코가 실눈을 떴다. 맛있는 음식을 음미하는 듯한 부드러운 표정이었다.

"풀장이라. ……아, 그 시민 수영장에 간 게 마지막 아니야? 왜, 미오가 유치원 때쯤이었나. 다 같이 갔잖아. 아버지도 함께."

그때는, 하고 말하려 했지만 목소리가 제대로 나오지 않았다. 목이 꽉 막힌 것처럼 괴로웠다. 헛기침을 해서 겨우 목소리를 쥐어짜 냈다.

"그때 나는 풀에 안 들어갔어. 기억 안 나니?"

"그랬어? 기억 안 나네."

파도 풀이 있고 미끄럼틀도 있었다. 사쓰코에게는 즐거운 기억만 남았으리라.

목구멍 속에서 커다란 덩어리가 치밀어 올랐다. 기묘한 그리움마저 느껴지는 바로 그 감각.

"아버지가 들어가지 말라고 했잖니."

남편은 꼴불견이라는 표현을 썼다.

"젊지도 않은 여자가 수영복을 입다니 꼴불견이니 그만둬."

화난 말투는 아니었다. 희미하게 웃고 있는 것 같았으니 농담이었을지도 모른다. 하지만 나를 겁먹게 하기에는 충분했다. 그게 뭐야, 하고 화를 내면서도 상처 입었다. 뚜렷하게.

풀 사이드에서 그저 바라보고 있었다. 남편이 미오의 자그마한 튜브를 잡아당기는 모습을. 사쓰코는 미오 옆에서 나란히 물속을 걸으며 생글거리고 있었다. 아이를 하나 낳았다지만 아직 20대인 사쓰코는 싱그럽도록 젊고 눈부셨다.

젠 씨는 없었다. 어째서 함께 오지 않았는지, 그 부

분은 기억이 없다.

풀 사이드에 빈 의자가 없어서 나는 챙겨간 돗자리를 바닥에 깔고 앉아 있었다. 이따금 눈을 꾹 감았다. 어렸을 때처럼. 눈물은 새어 나오기 전에 멈춰야만 한다. 일단 새어 나오면 끝없이 넘쳐날 테니까.

"당신 그러고 있으니 개를 닮았네."

수영장에서 올라온 남편이 그렇게 말하며 씩 웃었다. 주인이 물가로 올라오기를 가만히 기다리는 충실한 개를 닮았다고.

젖은 손으로 머리를 만지려 하기에 거칠게 쳐냈다.

"그만둬."

그때의 아픔이 그 감각 그대로 되살아났다.

"왜 화를 내? 그러고 있으니 귀엽다는 뜻인데."

어리둥절해하던 남편의 얼굴을 떠올리니 점점 더 가슴이 아팠다. 벌써 20년이나 지났는데. 커다란 응어리를 삼킬 때면 항상 괴롭다.

"……아버지가 그렇게 말한 건 애정을 다르게 표현한 걸 거야."

내 이야기를 들은 사쓰코가 다독이듯 말했다.

개수대 쪽에서 물소리가 똑똑 규칙적으로 들렸다. 일어나서 수도꼭지를 다시 잠갔다.

수영복 차림이 꼴불견이라고 한 것은 분명 남들이 아내를 쳐다보는 게 싫다는 표현을 둘러말한 거라고, 사쓰코는 죽은 아버지를 계속 옹호했다.

"애정이라면 둘러말하지 말고 그대로 전했어야지."

개를 닮아서 귀엽다니 우습지도 않다. 그때 그렇게 말할 수 있었다면 얼마나 좋았을까. 어렸을 때 아버지에게도 말하지 못했다. 아버지는 "여자는 예쁘고 현명하다"고 했다. 남편은 "귀엽다"고 했다. 칭찬을 가장해 억압해 왔다. 그것은 억압이라고 규탄하기 위한 표현을, 나는 알지 못했다.

알려 한 적도 없었을지 모른다. 집어삼킬 필요 없는 감정을 계속 집어삼키면서 그렇게, 오늘까지, 나는.

"아이스크림 녹겠어."

사쓰코의 재촉에 아이스크림을 떴다. 목구멍에 엉겨 붙는 것 같다. 내게는 조금, 지나치게 달았다.

잠깐 누나한테 다녀올게. 기요스미가 그렇게 말한

것은 그 이튿날이었다. 시계를 보니 오후 2시가 넘었지만 아직 미오가 보습학원에 있을 시각이었다.

"어제 말한 체험 수업 안내, 미야타네 어머니가 꼭 오늘 보고 싶다고 하신대. 그래서 잠깐 미야타하고 같이 받으러 다녀올게."

"아, 그러니."

조심히 다녀와라. 그렇게 배웅하자마자 집 전화가 울렸다. 여보세요, 하고 말을 끝내기 전에 마키 짱의 커다란 목소리가 들렸다.

"후미 짱? 생각해 봤어?"

아아, 마키 짱. 그렇게 대답하면서 수화기를 고쳐 쥐었다. 거실 창문은 활짝 열어놓았다. 매미가 맴맴 시끄럽게 울고 있다. 매미는 몸집은 작은데 저렇게 큰 소리를 내다니 용하기도 하다.

"생각해 봤는데 나는 안 할래."

"어머, 훌라 댄스는 운동도 되는데."

그렇지, 하고 전화선을 만지작거렸다.

"하지만 안 하려고. 운동은 하고 싶지만."

"그래?"

있지, 마키 짱. 그 말을 끝으로 목소리가 나오지 않

았다. 있지, 나 말이야, 하고 어휘가 부족한 유아처럼 서툴게 반복하면서 필사적으로 할 말을 찾았다.

헤엄쳐 보고 싶어. 고작 그 한마디가 도무지 나오지 않는다. 우리는 이미 소녀가 아니다. 서로의 머리카락을 땋으며 뭐든 털어놓았던 시절과는 다르다.

꼴불견이다, 꼴불견. 남편의 목소리가 귓속에서 메아리쳤다.

태양이 기울고 바깥세상이 조금씩 색을 바꾸어간다. 어렴풋이 어둡고 짙은 색으로.

"있지, 후미 짱."

나, 살쪘잖아. 어제 만났을 때 그렇게 생각하지 않았어? 그렇게 묻는 마키 짱의 의도를 알 수가 없었다. 전화는 불편하다. 표정이 보이지 않으니까.

"나 말이야, 자궁 전부 떼어냈어. 벌써 15년쯤 됐나."

"그건……."

뭐라 말하려다가 콜록거리고 말았다. 말이 목에 걸린 것처럼.

"……힘들었겠네."

"응, 힘들었어."

마키 짱의 말투는 몹시 가벼웠다. 그래도 가볍게

말하려고 애쓰는 절실함이 여기저기서 새어 나왔다.

"아, 살찐 건 호르몬하고는 상관없어. 있지, 이래 봬도 나름대로 갈등이 있었어. 이제 여자가 아닌 것 같아서. 이해해?"

"응."

매미 소리가 들리지 않는다. 이제 여자가 아닌 것 같아서. 그걸 아무렇지 않은 일처럼 말할 수 있게 되기까지 마키 짱이 지내온 날들을 생각했다.

"하지만 몸의 어느 부분을 잃었다고 더 이상 여자가 아닌 건 아니다, 설령 이제 여자가 아니더라도 당신은 당신이라고, 우리 남편이 그러는 거야."

에헤헤, 하는 웃음소리에 정신이 들었다. 뭐라고 해야 할지 모르는 사이에 마키 짱의 이야기는 남편 자랑으로 바뀌었다.

"나는 나. 그렇게 생각하니 뭔가 많은 일들이 후련해졌어. 하고 싶은 일을 전부 해보자고 결심했지. 먹고 싶은 것도 전부 먹어보자고. 살은 그래서 찐 거야. 아하하."

"아, 아하하."

그러니까 후미 짱도 하고 싶은 일이 있으면 해봐.

앗, 그래, 다음에 디저트 뷔페 같이 가지 않을래? 즐거운 듯 말을 잇는 마키 짱의 수다에 귀를 기울이는데 조용히 눈물이 번져 손끝으로 몰래 닦았다. 전화 너머에 있는 마키 짱에게는 보이지 않는다는 걸 알면서도.

사람의 일생이 가령 한 편의 영화라 한다면 내 영화는 앞으로 몇 분이나 남아 있을까? 후반부라는 점은 의심할 여지가 없지만.

아이와 손주들은 남자니 여자니 하는 이유로 제한받지 않는, 그런 시대를 살기 바랐다.

엄마도 대학 못 나왔어. 결혼한 뒤에 어머니에게 그런 말을 들었다. 세 번째 유산 끝에 자리에 누워 있는 내 머리맡에서 어머니가 어째서 갑자기 그런 이야기를 꺼냈는지는 지금도 모른다.

엄마는 웬만한 남자들보다 더 공부를 잘했어. 하지만 돈이 없었지. 그렇게 속상한 표정으로 말하는 어머니에게 느낀 약간의 연민과 실망.

'우리 때는 그랬으니까'라는 말로 다음 세대에게 강요하는 짓만은 하지 않겠다고 그때 맹세했다.

내가 꿈꾸었던 새로운 시대에 나는 들어 있지 않았다. 아무 이유도 없이 포함해서는 안 된다고 고집을 부리고 있었다.

"다녀왔어요."

저녁때가 되어서야 기요스미가 돌아왔다. 기분 탓인지 표정이 어두웠다. 컨디션이라도 나쁜 걸까.

"방에 좀 들어갈게."

반짇고리를 한 손에 들고 내 방으로 들어갔다. 문틀 위에 걸어둔 가봉한 미오의 웨딩드레스. 팔짱을 끼고 노려본다 싶더니 갑자기 옷걸이에서 벗겨내 뒤집기 시작했다.

"왜 그러니, 기요."

기요스미는 실뜯개를 손에 들고 있었다. 긴 한숨을 후 내쉬더니 솔기에 집어넣었다.

"어!"

깜짝 놀라는 내게 아랑곳없이 기요스미는 드레스 실밥을 쭉쭉 풀어나갔다.

"미오가 뭐라고 하던?"

"아무 말도 안 했어."

주저 없이 드레스를 해체하는 손짓과 달리 기요

스미의 표정은 일그러져 있었다. 목소리도 조금 떨렸다.

"하지만 누나가 이 드레스는 '뭔가 다르다'고 한 마음을 어쩐지 알 것 같아."

보습학원에 갔을 때, 미오는 한동안 동생의 존재를 눈치채지 못하고 일을 하고 있었다고 한다.

"컴퓨터를 쓰거나 강사랑 뭔가 말하는 얼굴이." 그렇게 말하다가 잠깐 입을 다물었다.

"뭐라고 해야 좋을까. 낯선 사람 같다는 말도 조금 다르고…… 하지만 어쨌든 처음 보는 얼굴이었어."

기요스미는 실뜯개를 들고 있는 손을 멈추고 허공을 노려보고 있었다. 거기에 이어서 해야 할 말이 떠다니는 것처럼 진지한 얼굴로.

"아마 난 누나를 잘 몰랐던 것 같아."

먹고살기 위해 일한다. 하고 싶은 일이나 꿈, 그런 건 일절 없다. 항상 그렇게 말하는 미오가 하는 일은 분명 시시할 거라고 단정 짓고 있었다고 한다.

"하지만 누나, 일할 때 굉장히 진지했어."

"음."

"먹고살기 위한 수단으로 생각하는 거랑 진지하지

않은 건 별개라는 걸 알았어."

하지만 그게 어째서 드레스를 뜯는 이유가 되는지 영 이해할 수 없었다.

"누나는 그냥 이해를 못 하는 줄 알았어. 드레스나 그런 거 전부. 나하고 할머니한테 맡겨두면 알아서 누나가 제일 예쁘게 보이는 드레스를 만들어줄 텐데, 하고 나도 모르게 누나를 조금 경시했던 것 같아. 이해 못 하는 사람이라고 단정 짓고. 그래서 이건 안 돼. 이해 못 하는 내가 만든 이 드레스는 누나에게 어울리지 않을 거야."

미오를 존중하지 않았다. 기요스미가 하고 싶은 말의 핵심은 그런 뜻일까. 그런 뜻이니? 그렇게 묻지는 않기로 했다. 비록 서툰 표현이라도 자기의 언어로 설명하려는 것이다. 소중한 가치를 찾아내려 하고 있다. 방해해서는 안 된다.

"알았어. 그런 이유라면 도와주마."

내 반짇고리에서 실뜯개를 꺼냈다. 다다미 위에 마주 앉았다. 손끝에 부드러운 실크가 닿은 순간 눈물을 흘릴 뻔했다. 진지한 표정으로 한 땀, 한 땀, 이 드레스를 바느질하던 기요스미의 옆얼굴이 떠오르

191

고 말았다. 스스로 결심한 일이라고 해도 얼마나 분할까.

"처음부터, 디자인부터 새로 할 거니?"

"그래야지."

"할머니는 도와줄 시간이 줄어들지도 몰라. ……수영장에 다니기로 했거든."

"수영장."

복창하는 기요스미의 표정에 별다른 변화는 없었다. 어떤 반응이더라도 이제 마음을 굳혔지만.

"그래, 수영장. 헤엄치는 건 50년 만이지만."

"그렇구나…… 힘내요."

기요스미는 다시 손으로 시선을 돌렸다. 뚝뚝, 희미한 소리를 내며 실이 천에서 떨어져 나간다. 고개숙인 이마를 덮는 앞머리도, 피부도, 아직 새것이나 다름없었다.

이 아이에게는 아직 몇십 년이라는 시간이 있다. 남자니까, 몇 살이니까, 혹은 일본인이니까, 분명 그런 굴레를 전부 떨쳐내고 살아갈 수 있을 것이다.

"일흔네 살이나 되어서 새로운 일을 시작하려니 용기가 필요하긴 하다만."

기요스미가 나를 똑바로 바라보았다. 나도 기요스미를 보았다. 기요스미의 입술이 하지만, 이라는 형태로 움직였다.

"하지만 지금 시작하면 여든 살에는 수영 경력 6년이 되는 거잖아. 아무것도 하지 않으면 제로 그대로지만."

부드러운 실크에 닿은 손가락이 파르르 떨렸다. 그러네, 하는 목소리마저 떨릴 것 같아 배에 힘을 꾹 주었다.

준비 체조를 마치고 샤워기로 조금 미지근한 물을 뒤집어썼다. 시니어 코스를 가르치는 여자 코치는 아직 30대라고 한다. 피부가 매끈하고 웃는 얼굴이 귀여워서 돌고래 같다.

잘 부탁드립니다, 참가자들의 목소리가 수영장 벽과 천장에 흡수되었다.

시니어 코스 참가자는 전부 여덟 명, 모두 여자다. 어떤 차림으로 수업을 받아야 할지 몰라 접수처에서 파는 반팔 셔츠와 반바지처럼 생긴 검은 수영복을 샀는데 막상 체조실에 들어가 보니 참가자들이 입은 수영복은 모두 제각각이었다. 시합용인지 날카로운 디자인의 수영복을 입은 사람도 있고, 빨간색과 흰색 히비스커스 무늬에 프릴이 달린 화려한 수영복을 입은 사람도 있다. 뭐야, 다들 자유롭네. 김이 빠져서 살짝 웃음이 나왔다. 아무 생각 없이 좋아하는 수영복을 고를 걸 그랬다.

수영장 반대편 코스에서는 유아반 수업이 있어, 기운 넘치는 코치의 목소리와 아기들의 웃음소리가 들려왔지만 거리는 아득히 멀었다.

천장 가까운 곳에 커다란 창이 있어, 거기서 들어오는 하얀 빛에 수영장 수면이 반짝거렸다.

발끝을 천천히 물에 담갔다. 상상했던 것보다 미지근하다. 그래도 수영복 안쪽으로 파고드는 물은 서늘해서 몸이 움찔 움츠러들었다.

"먼저 끝까지 걸어가 봅시다. 천천히 가도 괜찮아요."

물속에서 한 걸음, 발을 뗐다. 둥실 떠오르는 다리를 바닥에 단단히 딛는다. 또 한 걸음 걸어가면서 풀사이드로 시선을 돌렸다.

그날의 내가 거기서 보고 있는 것만 같았다. 무릎

을 끌어안고 몸을 웅크린 채 즐겁게 헤엄치는 사람들을 바라보고 있던 나. 개를 닮았다고 웃음을 샀던 나.

손주들이 태어나고 더는 젊지 않다고 느꼈던 그때의 나는 아직 50대였다. 지금의 나보다 훨씬 젊었다.

물을 가르며 한 걸음씩 천천히 천천히 나아간다. 지금의 나는 더 이상 젊지 않다. 하지만 그게 어떻단 말인가.

지금이라면 말할 수 있을 것 같다. 그게 어때서? 말해 주겠다. 큰 소리로, 가슴을 펴고.

걸음을 뗄 때마다 내 주변을 덮고 있던 단단한 껍질이 떨어져 나가는 것만 같았다.

물에 잠겨 있던 손을 들어 올리니 손끝에서 하얀 물거품이 일어난다. 수면을 찰싹 때리니 투명한 구슬이 잔뜩 튀어 올랐다. 아아! 감탄의 목소리가 목구멍 속에서 새어 나왔다.

아아, 아름다워.

올려다보니 수면에서 일렁이는 물결이 천장에 아름다운 무늬를 그렸다. 풀 저편에서 들려오는 아기들의 목소리는 흥겨운 음악 같았다.

한 손으로 물을 떠본다. 창으로 들어오는 빛이 젖

은 피부를 비춘다. 밝은 곳에서 보니 내 팔에는 주름이 참 많았다. 손등에도 주름이 잔뜩 새겨져 있다.

하지만 부끄럽지는 않았다. 74년이라는 세월을 함께해 온 나의 육신.

풀 사이드를 다시 바라보았다. 웅크리고 이쪽을 바라보는 개는, 더 이상 그곳에 없었다.

제5장

고요한 호반의

열 대의 재봉틀이 일제히 돌아가면 집이 흔들린다.

1층이 봉제 공장이고 2층이 집이다. 가끔 "엄청 시끄럽지 않아?"라고 남들이 묻는다.

그렇게 물으면 맞다고, 확실히 시끄럽다고 대답할 수밖에 없다. 어쨌거나 집이 흔들릴 정도니까. 하지만 그 소리를 시끄럽다고 느낀 적은 한 번도 없다. 태어났을 때부터 자장가처럼, 아니, 태어나기 전부터 어머니의 배 속에서 이 소리를 들었다. 재봉틀에 맞춰 집이 춤을 추는 것 같아 오히려 유쾌할 정도다.

시곗바늘은 잠시 후 오후 1시를 가리킬 것이다. 휴일과 휴식 시간은 꼭 지키라고 입이 닳도록 말하지만, 이곳 종업원들은 다들 가만히 있지 못하는 체질이라 항상 내가 생각하는 것보다 빨리 휴식을 마치고 작업을 시작한다. 구로다 봉제 공장에는 바지런한 사람들만 모여 있다. 단 한 사람, 예외가 있긴 하지만.

재봉틀 소리는 물론이고 작동하는 모습을 보는 게 좋다. 어릴 때부터 늘 그랬다. 조작 페달을 밟으면 바삐 오르내리는 바늘과 실채기. 거기에 술술 빨려 들어가는 아름다운 원단은 유연한 뱀처럼 보여 무심코 오싹해진다. 실패는 하얀 눈을 보고 들뜬 개다. 언제까지고 리드미컬하게 뛰논다.

보는 건 괜찮지만 절대 만지면 안 된다. 봉제 공장 사장인 아버지는 어린 내 귀에 못이 박히도록 말했다. 무척 위험한 기계라고. 그 '위험한 기계'를 뜻대로 다루는 공장 여자들은 흉포한 짐승을 거느리는 마녀 같았다.

마녀들은 일하는 중간에 번갈아 가며 2층으로 올라왔다. 반찬통을 두고 가거나 초등학교에 가져갈 준비물 가방을 만들어주기도 했고, 때로는 핫케이크를 구워주었다.

"도련님, 맛있어요?" 그런 농담 섞인 말을 하며 내 머리를 쓰다듬거나 "사모님이 살아계셨더라면" 하고 눈물을 글썽거리는 마녀도 있었다. 하얗고 말랐다는 이유로 반에서 '팽이버섯'이라는 별명이 붙었다는 사실을 알자마자 가져다주는 반찬 수가 늘었다. 기대에 부응해 덩치가 커지지는 않았지만.

어머니는 나를 낳고 반년 뒤에 병으로 돌아가셨다. 다정한 마녀들은 어머니 없는 아이를 도저히 그냥 내버려둘 수 없었던 모양이다. 공사혼동이라고 아버지가 거절하는데도 아랑곳없이 "우리 모두의 아이예요"라고 멋대로 주장하며 열심히 돌봐주었다고 한다.

텔레비전 위에는 지금도 사진이 놓여 있다. 병원 침대 위에서, 갓 태어나 원숭이처럼 생긴 나를 안고 있는 창백한 뺨의 어머니.

그 옆에는 마녀들에게 둘러싸인 아버지 사진이 있다. 현관 앞에서 내가 찍었다. 아버지의 병이 발견되기 얼마 전이니 벌써 20년은 되었다. 이때는 아버지 간에 종양이 있는 줄 전혀 몰랐으니까, 영정사진으로 쓰게 될 줄은 상상도 못 했다.

'주식회사 구로다 봉제'라는 고풍스러운 목제 간판이 다 나오도록 모두 허리를 숙여 달라고 했더니 마녀들은 투덜투덜 말이 많았다. 간판은 아무래도 상관없으니 자기들을 예쁘게 찍어달라는 것이었다.

죽은 뒤에 '선대'라고 불리게 된 아버지는 오늘도 액자 속에서 조금 난처한 듯한, 쑥스러운 듯한, 누가 봐도 어중간한 미소를 짓고 있다.

계단을 내려가니 하마다 씨가 팔짱을 끼고 기다리고 있었다. 점심때 옷을 갈아입은 모양이다. 나를 보자마자 눈썹을 찡그렸다.

"늦었어요, 사장님."

"하마다 씨가 너무 빨리 준비한 거야."

손목시계는 정확히 오후 1시를 가리키고 있다. 절대 지각은 아니다.

구로다 봉제 종업원은 60대와 70대가 대부분이지만 작년 중도 채용으로 들어온 하마다 씨는 30대다. 혼자 평균 연령을 크게 끌어내렸다.

소위 말하는 싱글맘인데 가끔 아이를 이곳에 데려온다. 어린이집에서는 열이 37.5도를 넘으면 맡아주지 않기 때문이다.

작업실 창고를 비워서 하마다 씨의 아이가 놀 수 있는 방으로 만들었다. 덕분에 지저분했던 창고는 지금 핑크색 놀이매트가 깔리고 호빵맨 포스터가 벽에 붙어 있다. 마녀들은 오랜만에 아이를 돌볼 수 있어 기쁜지 하마다 씨에게 "아프지 않아도 매일 데려오면 어때?" 하고 말도 안 되는 소리를 한다.

마당으로 나가니 너무 환해서 눈을 감았다. 어느새 소나기가 내렸던 모양이다. 잔디가 머금은 빗방울이 햇빛을 반사해서 투명한 비즈를 뿌려놓은 것 같았다.

9월에 접어든 후로 어쩐지 비만 내린다. 여름이 되기 전에 깨끗하게 깎았던 잡초가 벌써 푸릇푸릇 무성하다. 부지를 에워싼 철망을 따라 뻗은 나팔꽃 넝쿨 끝에 꽃이 새로 피어 있었다. 나는 아직 이렇게 팔팔하다고 호소하는 것처럼.

"어떻게 할까요?"

"평소처럼 적당히 포즈를 취해 줘."

하마다 씨는 작게 끄덕거리고 외벽에 한 손을 짚었다. A라인 원피스 소매가 팔락거렸다. 가을에 어울리는 진한 암적색은 더운 열기가 남아 있는 마당에서는 조금 무겁다.

작은 화면 속의 하마다 씨와 눈앞의 하마다 씨를 번갈아 보면서 촬영 타이밍을 맞추려 했다.

"판매량은 어때요?"

"순조로워. 모델이 좋아서."

하마다 씨가 흐흥, 콧방귀를 뀌었다.

"사장님은 빈말을 참 못 하시네요."

아버지가 사장이었을 때는 의류 브랜드 하청 작업만 했다. 패션 전문대를 졸업하고 바로 회사 일을 도왔지만 아버지의 보수적인 경영 방침에 큰 불만이 있었다. 뭔가 새로운 일을 하고 싶다는 의욕만 넘쳤다.

내게 새 디자인을 창조해 내는 재능이나 센스가 없다는 것은 처음부터 알았지만 그것을 사업으로 만들려면 또 다른 능력이 필요하다는 것도 알았고, 내게는 그 재능이 있다고 생각했다.

그렇게 시작한 것이 오리지널 상품 판매였다. 아버지가 돌아가시고 내가 사장이 되면서 마침 무직이었던 젠을 디자이너로 고용했다.

오사카 시내의 가게 몇 군데에 위탁 판매하는 것 외에 온라인 판매가 메인으로, 회사 전체 매상으로 보면 1할도 되지 않는다. 젠의 월급을 생각하면 수지가 맞지 않아, 도락이라고 비웃음을 살 때도 있다.

모델이나 카메라맨을 고용할 여유는 없다. 촬영은 직접 하면 그만이지만 상품까지 내가 입을 수는 없다. 젠은 "사이즈는 문제없어 보이는데"라고 내 몸에 옷을 대보기도 하지만 말도 안 된다. 옷의 장점을 부각시키는 게 모델의 역할이니까.

그런 점에서 파트타이머 면접을 보러 온 하마다 씨는 손발이 길쭉하고 어떤 옷도 멋지게 소화해 낼 것처럼 보였다. 물론 외모만으로 채용한 건 아니지만.

"그 옷, 어때?"

정면 외에 뒷모습, 옆모습도 찍었다.

"감촉은 좋아요."

트리플거즈라고 불리는 세 겹 원단을 썼다. 보들보들 감촉이 좋고 옷을 빨수록 피부에 편하게 닿는다.

입체 재단*을 고집한 것은 젠이 아니라 나였다. 기왕 하는 거, 아버지가 지금까지 해온 일과는 다른 일을 하고 싶었다. 물론 대량생산으로 만들어내는 의류를 부정하고 싶은 건 아니다. 저마다 장점이 있으니까.

"사고 싶으면 직원 할인으로 싸게 해줄게."

---

* 마네킹이나 사람 몸에 직접 천을 대고 재단하여 입체적으로 옷 모양을 만드는 것.

"아니, 안 사요."

단칼에 거절해 놓고 곧 미안했는지 "전 이렇게 내추럴한 옷은 안 입어서요"라고 변명 같은 말을 했다.

내추럴한 옷. 쌀쌀맞은 하마다 씨가 최대한 신경 써서 고른 표현이니, 어쩌면 사실은 '시시한 옷'이라고 생각하는지도 모른다. 평소 록 패션을 즐겨 입는 하마다 씨에게 괜한 소리를 하고 말았다.

시시하다. 그렇게 생각하는 건 사실 나일지도 모른다. 젠이 만드는 거즈 원피스나 블라우스. '내추럴'하고 입기 편해 보이는 옷이 나쁜 건 아니다. 하지만.

30장 정도 찍고 나서 사진을 확인하고 있으려니 하마다 씨도 화면을 들여다보았다. 꽃인지 과일인지 모를 향기가 콧속을 간질였다. 같은 얼굴과 몸매를 가진 여자는 없듯이 향기 역시 저마다 다르다. 어렸을 때는 그게 참 신기했다. 지금도 그렇다.

"사장님, 그 곡."

하마다 씨가 불쑥 고개를 들어서, 몹시 가까운 거리에서 서로 바라보는 꼴이 되었다. 생김새도 화려하고 무엇보다 젊다. 일반적으로는 '젊은 여자'가 아닐지 모르지만 나보다 열 살은 더 젊다.

"항상 그 곡을 흥얼거리시네요, 사장님."

고요한 호반의 숲 그늘에서, 이 곡 맞죠? 하마다 씨가 노래를 흥얼거렸다. 무의식적으로 휘파람을 불고 있었나 보다.

"좋아하시는 거예요? 아니면 그것밖에 못 부는 거예요?"

글쎄, 고개를 저으며 카메라를 케이스에 넣었다. 대답하기 싫었던 게 아니라 어느 쪽도 아니다.

"사장님, 묻는 김에 하나만 더 물어봐도 될까요?"

"안 돼."

물어봐도 되느냐고 단서를 달고 하는 질문은 대개 변변치 않은 질문일 게 뻔하다.

"왜 지금까지 결혼 안 하셨어요? 앞으로 할 생각은 없으세요?"

안 된다고 하는데도 무시하고, 게다가 두 개나 물었다.

"여유가 없어."

"경제적으로? 정신적으로?"

작업장 창문으로 고참 종업원 고다 씨와 가즈코 씨의 얼굴이 보였다. 실실 웃으며 이쪽을 가리키고 있다.

저 두 사람이 하마다 씨를 부추기는 건 알고 있다. 한 번은 "사장님 말인데, 재혼 상대로 괜찮다니까", "성품은 우리가 보장해"라며 하마다 씨를 둘러싸고 법석을 떠는 현장에 맞닥뜨리는 바람에 어찌나 껄끄러웠는지.

두 사람을 살짝 노려보고 하마다 씨를 돌아보았다.

"둘 다 여유가 없어. 지금은 매달 양육비를 줘야 하는 아이 문제로 머릿속이 꽉 차서."

"양육비."

"응. 그래서 당분간은 아무하고도 결혼할 마음이 없어."

"전 이혼한 지 3년이나 됐는데 전남편이 양육비를 준 건 처음 한 번뿐이었어요."

"그랬군."

"다행이에요. 사실 저도 이제 결혼은 지긋지긋하거든요."

돌아갈게요, 하고 하마다 씨가 작업장을 턱짓으로 가리켰다.

"응. 고마워."

현관으로 향하는 하마다 씨의 뒷모습을, 그 가벼운 발걸음을 조용히 지켜보았다. 가슴속에 퍼지는 이 아련한 감정은 결코 연정이 아니라, 어느 쪽인가 하면 공범자의 친근감이었다. 고참 선배들의 제안은 그녀에게도 큰 부담이었을 것이다. 아니, 자칫하면 좋아하지도 않는 남자하고 엮일 뻔했으니 부담을 뛰어넘어 공포였을지도 모른다.

앞으로는 두 사람이 뭐라고 부추겨도 "사장님 입으로 '결혼할 마음이 없다'고 하셨어요"라고 대답할 수 있다.

나를 예전에 "구로다 봉제 사원 모두의 아이"라고 불렀던 고다 씨와 가즈코 씨는 내가 아직 결혼하지 않았다는 사실이 불만스러워 견딜 수 없는 모양이다. 하마다 씨가 "결혼은 지긋지긋하다"고 하면 "그건 이전 상대가 나빠서 그런 거지", "이번에는 잘될 거야"라며 무책임한 소리를 연발하리라. 혹은 조금 더 솔직하게 "제 타입이 아니에요"라고 한다면 두 사람 성격에 "어머나, 사장님은 괜찮은 남자야", "그럼, 우리가 다 함께 키운 아이니까"라며 화를 낼 게 분명하다.

그렇지만 우리는 사장님이 걱정되어요. 그것이 고

다 씨와 가즈코 씨의 정의다.

계속 혼자면 여차할 때 불안하잖아요. 아이는 귀여워요. 가족은 좋은 거예요. 그런 말은 지겹도록 들었다. 가족은 좋은 것이다. 아이도 귀엽다. 그런 건 나도 알지만 남의 일 같기만 하니 어쩔 수 없다. 아내가 있고, 아이가 있다. 그런 이미지의 중심에 나를 넣어보려 하면 아무래도 초점이 어긋난다. 그것은 아마도 '가정생활에 맞지 않는다'는 의미가 아닐까.

공장 창문이 열리더니 재봉틀 소리가 커졌다. 고다 씨가 두 손을 확성기처럼 모으고 "사장님!" 하고 불렀다.

"젠 씨가 안 돌아와요."

또? 대답 대신 한숨을 쉬었다. 한 손을 살짝 들고서 몸을 빙글 돌려 방향을 바꾸었다.

구로다 가 자택 겸 봉제 공장은 강을 등진 L 자 모양 건물이다. 마당을 사이에 두고 부지 안에 있는 I 자 건물은 예전에는 사원 기숙사로 썼다. 간사이 지역 고등학교에 구인 공고를 내서 그해 졸업생들을 사원으로 채용할 정도로 호경기였던 시절도 있었다. 와카

야마가 고향인 가즈코 씨도 예전에는 여기서 살았다.

최고로 많을 때는 여자 사원 다섯 명의 구두를 수납했던 붙박이 신발장에 지금은 젠의 운동화만 대충 널브러져 있다.

구두를 벗어 구석으로 밀어 가지런히 맞춘다. 내가 소유한 건물에 들어가는 것인데 이렇게까지 할 필요가 있는지 스스로도 어이가 없지만 습관은 어쩔 수 없다. 셔츠에 묻은 잉크 얼룩 같은 것이라, 쉽게 지워지지 않는다.

지금은 방 다섯 개 중 세 개는 창고로 변해서, 젠은 복도 끝과 그 바로 앞에 있는 방을 쓰고 있다.

노크도 하지 않고 문을 벌컥 열어젖혔다. 천장에 매달린 무늬도 소재도 다양한 천들이 창으로 들어오는 바람에 나부끼며 대나무 발처럼 젠의 모습을 가렸다. 천을 헤치고 커다란 목소리로 이름을 불렀다.

"점심시간 아까 끝났어, 일해!"

우리 회사 소속 디자이너인 이 남자는 바닥에 대자로 드러누운 채로 대답도 하지 않았다.

"뭐 하는 거야?"

젠은 커튼을 보고 있었다면서 눈을 깜빡거렸다. 커

틈을 흔드는 바람의 움직임을 보고 있었다고.

젠이 윗몸을 일으키고 하품을 한 번 하더니 일어났다. 그 동작에 들인 시간이 거의 1분이다. 이제 나도 중년이니 이런 일에 일일이 화내지 않고 너그러운 마음으로 기다려줘야 한다. 그런 결의를 몸이 너무나 쉽사리 배반한다. 정신을 차리고 보니 내 허벅지를 손바닥으로 찰싹찰싹 때리고 있었다. 젠이 '성미 급한 남자네'라고 말하고 싶은 표정으로 눈썹을 찌푸린다.

젠은 패션 전문대에서 만난 사이다. 나는 디자인을 배우고 싶다기보다 회사를 물려받기 위해 복식 세계를 전반적으로 알아둘 생각으로 입학했지만 젠은 달랐다. 디자이너가 되고 싶다는 꿈을 가슴 한가득 품고, 그 꿈을 온 사방에 흘리며 다니는 남자였다.

재봉틀 솜씨도, 데생 실력도 탁월하다고 할 정도는 아닌데도 눈에 띄었다. 교내 콘테스트에서는 늘 뭔가 상을 받았다.

1년에 네 번 열리는 학교 패션쇼 인기투표에서 젠의 작품은 늘 많은 표를 받았고, 나는 언제나 교실 구석에서 그 눈부신 모습을 바라보고 있었다. 질투심이

212

조금도 없었다고 하면 거짓말이지만 "필통도 그렇고, 가방 속을 깔끔하게 정돈하다니 구로다는 굉장해"라거나 "구로다는 달걀말이도 만들 수 있어? 굉장하다"라며 천진하게 웃는 그를 보면 질투가 어리석게 느껴졌다.

걸어가면서 스케치하는 버릇 때문에 빈번하게 차에 치일 뻔하거나, 지갑을 놓고 다니거나 떨어뜨려서 자주 빈털터리가 되는 젠을 이래저래 챙겨주는 사이 어느새 콤비 취급을 당하기 시작해, 한쪽이 없으면 "어라, 네 짝은?"이라고 묻는 사람까지 생겼다.

하지만 눈앞에 있는 젠은 이제 그 시절과는 다르다. 미덥지 못한 모습만 그대로인 게 몹시 얄미웠다.

낡은 운동화에 발을 집어넣는 젠의 가슴팍에 카메라를 꾹 떠안겼다.

"신작 원피스 사진, 아까 찍어뒀어. 온라인 쇼핑몰 신상 메뉴에 추가해 줘. 나는 이제 외출해."

"알았어. 해둘게."

게으르지만 무능하지는 않다. 가르쳐준 건 대강 해낸다.

"어디 가?"

"잊었어? 오늘 월급날이잖아."

대답이 없다. 뒤를 돌아보니 젠은 고개를 숙이고 눈을 벅벅 문지르고 있었다. 못 들은 건지, 못 들은 척하는 건지. 어느 쪽일까. 대체 어느 쪽일까. 또 손이 허벅지로 향한다.

"……아아."

겨우 작은 목소리가 들려왔다. 하릴없이 양쪽 귓불을 잡아당기고 있다.

"항상, 미안해."

"됐어."

고개를 돌려 문을 열자 마당을 똑바로 가로질러 날아가는 청띠제비나비가 보였다.

이번 달은 결산이 있는 달이라 세무사가 챙겨달라고 한 서류가 많았다. 은행 두 곳, 세무서와 시청을 돌고 나니 벌써 오후 4시가 넘었다. 양복 안주머니에 넣어둔 봉투를 다시 한번 확인하고 역으로 걸음을 뗐다.

양육비를 건네는 상대가 있다고 하마다 씨에게 말한 것은 거짓이 아니다. (젠의) 두 아이에게 (젠의 월급

214

에서 뗀) 양육비를 (젠을 대신해) 매달 건네고 있다.

처음에는 젠이 직접 건넸다. 아이들의 얼굴을 보고 싶다느니 뭐라느니 하면서. 그런 주제에 겨우 한 번 딸에게 거부당했다는 이유만으로 "안 돼, 구로다, 나는 이제 그 집에 못 가"라며 우는소리를 했다.

입금해도 되고, 돈을 건넬 방법은 그것 말고도 얼마든지 있을 텐데 어쩌다 보니 내가 대신 가져다주게 되었다.

다녀왔다는 증거로 매달 꼬박꼬박 아이들의 사진을 찍어서 젠에게 보낸다. 미오는 초등학교 고학년이 되자 노골적으로 나를 피하기 시작했다. 내가 싫다기보다 사진 찍히는 게 싫었던 것 같아, 그 후로는 기요스미만 찍게 되었다.

그동안 쓴 핸드폰과 스마트폰에는 지금도 기요스미의 사진이 잔뜩 저장되어 있다. 젠에게 보내고 나서 냉큼 지우면 될 텐데, 지우지 못하겠다.

지우지 못할 뿐만 아니라 가끔 그 사진들을 지그시 바라볼 때도 있다. 잠이 오지 않는 밤이나, 몹시 취했을 때.

젠의 아들이지, 내 아들은 아니다. 그런데 술을 마

시며 슬라이드쇼 같은 기능으로 성장 기록을 더듬어 가다 보면 그만 눈물이 글썽거린다. 성장하는 존재는 순수하게 고귀하고 눈부시다.

작년이었나, 예전 동급생 중에 마찬가지로 독신이 었던 녀석이 갑자기 결혼했다. 이유는 "갑자기 내 아이를 갖고 싶어서". 노후가 어쩌니저쩌니 하는 말도 했던 것 같다.

결혼하고 싶다는 생각도, 아이를 갖고 싶다는 생각도 들지 않는 것은 이렇게 어중간하게 부성이 충족되는 탓인지도 모른다.

미오는 스물세 살, 기요스미는 열여섯 살이다. 양육비라고 해도 재판으로 정한 게 아니라 어디까지나 젠이 그렇게 하고 싶다는 이유로 내는 돈이라 언제까지 계속될지 모른다. 기요스미가 대학을 졸업할 때까지, 혹은 스무 살이 될 때까지. 그때쯤이면 이 기묘한 역할도 끝난다.

"결혼할 거야."

20년도 더 전에 젠은 내게 그렇게 선언했다. 결혼이라고 말하는 입술도, 무릎에 얹은 양손도 바르르 떨고 있었다.

젠은 의류 메이커에서 일한 지 3년 차였다. 처음에는 디자인실이 아니라 영업에 배속되었다고 낙담했지만, 그래도 옷과 관련된 일을 할 수 있어 기뻐하는 것 같았다.

그날 젠이 떨었던 이유는 대체 무엇이었을까. 불안일까, 아니면 기쁨이었을까.

선언대로 젠은 결혼했고, 아이가 태어났고, 7년 후에 또 한 명의 아이가 태어났고, 얼마 지나지 않아 이혼하더니, 무슨 생각인지 그 김에 회사까지 그만두고 말았다. 빈껍데기처럼 멍하니 사는 녀석을 주워서 구로다 봉제에 고용해 지금에 이른다.

세무사는 거의 매달 젠에게 주는 월급이 아깝다는 내용의 설교를 한다. 그 정도로 노골적으로 말하지는 않지만 해고를 권고하는 방향으로 날아오는 공격을 어찌저찌 오늘까지 피해 왔다.

그러고 보니 그 세무사 선생, 아버지 때부터 쭉 신세를 지고 있으니 벌써 여든을 바라보지 않을까. 얼굴을 맞댈 때마다 희끗한 머리를 저으며 우리 관계를 한탄했다.

"애초에 다 큰 남자 둘이 마흔 넘어서도 찰싹 들러

붙어서 직장도 사는 곳도 같다니, 그러니까 사장님 신붓감이 없는 겁니다. 가정을 꾸려서 어엿한 남자가 되어야죠."

그 선생도 고다 씨도 가즈코 씨도, 다들 내가 결혼하지 않고 소위 '반쪽짜리'인 채로 사는 게 젠 때문이라고 생각한다. 그냥 친구를 그 정도로 돌봐줄 필요가 있느냐고 눈썹을 찌푸린다.

고다 씨와 가즈코 씨는 내게 관대하다. 관대하달까, 아름다운 오해를 품고 있다고 할까. "사장님이 다정한 건 알고 있지만"이라며 울상을 짓기도 한다. 결코 다정함이 아니다. 동정해서 주워준 것도 아니다.

그저, 기다리고 있을 뿐이다.

젠의 전처와 딸과 아들이 사는 집은 역에서 적당히 가까운 곳에 있다. 우리 집 근처 역에서 헤아려 두 정거장 정도, 시 경계는 넘지만 마음만 먹으면 걸어서도 갈 수 있다. 실제로 기요스미는 초등학생 때 한 번 자전거를 타고 찾아왔다.

게이한 전철 고가선로와 교차하듯 흐르는 강에서는 늘 비릿한 냄새가 난다. 뭔가가 첨벙 뛰어오르는 소리가 나서 시선을 돌리니 수면에 동그라미가 몇 개나 퍼져 나갔다. 뒤섞인 흙 때문에 물이 흐려져 뛰어오른 생물의 정체는 알 수 없다.

초등학교 여름방학 때는 매년 외갓집에 놀러 갔다. 호수 근처의 조용한 동네였다. 호수에는 괴물이 산다는 소문도 있었다. 네스호의 네시를 그대로 베낀 허황된 이야기를 진심으로 믿었다. 머무는 동안 언제나 호수 앞에서 기다렸다. 물가를 걷노라면 늘 그때가 떠오른다.

마쓰오카 가 현관 앞에는 관엽식물 화분이 잔뜩 놓여 있다. 정성스레 돌보는 것 같지도 않은데, 다들 튼튼하게 줄기와 싹을 틔워서 마치 식물원을 방불케 했다.

유독 큼직한 관엽식물 뒤에서 기요스미가 불쑥 나타났다. 깜짝 놀라 멈춰 섰다.

"재봉 도구하고 자투리 천을 주면 언제까지고 혼자 노는 아이예요."

언제였을까, 젠의 장모가 그렇게 말했다. 그때는 아버지를 닮았나 보다 하고 감탄했는데 이렇게 보니 외모는 젠을 별로 닮지 않았다.

아닌가, 조금이지만 예전의 젠을 닮았을지도 모른다. 언동은 부드럽지만 주위의 공기를 흔드는 에너지를 숨기고 있던, 그 시절의 젠.

"구로다 씨."

몸을 돌려 마주 보자 생각보다 높은 곳에 얼굴이 있었다. 집 앞에 있는 식물과 마찬가지로 끝을 모르고 자라난다.

"잠깐 시간 있어요? 의논하고 싶은 게 좀 있어서."

"어어."

그런 말을 한 건 처음일지도 모른다.

"좋아, 별일 없어."

봉투를 건넨다. 겨우 그걸로 용건은 끝난다. 젠의 장모였던 사람은 나를 보자마자 "늘 미안합니다, 사쓰코도 구로다 씨한테 고마워하고 있어요"라고 고개를 숙인다. 글쎄, 과연 그럴까. 젠의 전처는 나를 보면 불길한 존재라도 본 듯 얼굴을 찌푸린다.

역 앞에 '카페 레모네이드'라는 간판을 내건 가게가 있어서 기요스미를 데리고 들어갔다. 가게 이름을 본 순간 주문할 수 있는 음료가 레모네이드뿐인가 하는 불안이 엄습했지만 메뉴에는 커피도 홍차도 들어가 있었다.

"구로다 씨는 역시 믿음직한 어른이네."

자리에 앉자마자 기요스미가 영문 모를 소리를 했다.

"내가 할 말이 있다고 하니까 곧바로 여기로 데려왔잖아."

서서 말할 내용이 아닐 것 같다고 판단했다, 그저 그뿐인데.

"뭐, 너희 같은 고등학생은 늘 길가에서 얘기할지도 모르지만."

"그런 말이 아니라, 아버지랑 있으면 이런 곳에 안 들어와요. 돈이 없다면서."

"젠하고 비교하면 대다수가 '믿음직한 어른'이야."

그 녀석의 금전 감각은 이상하다. 밑창이 다 떨어진 운동화를 신는 주제에 모금함에 몇만 엔을 집어넣기도 한다. 밑도 끝도 없이 뒤죽박죽이라 그냥 내버려둘 수 없다.

"그럴지도."

기요스미는 몇 번이나 끄덕거리더니 주문한 커피를 맛없다는 듯이 마셨다. 설탕도 크림도 넣지 않고,

대체 왜 어른 흉내를 내는지.

"우리 누나, 다음 달에 결혼하는데."

"알아. 축하해."

"드레스를 만들어주겠다고 약속했는데 조금 난항을 겪고 있어."

"……싸게 빌릴 수 있는 곳을 소개해 줄까?"

기성품으로는 안 돼. 기요스미가 입술을 비죽거렸다. 레이스가 달린 건 싫다, 소매가 없는 게 싫다, 몸매가 드러나는 게 싫다, 이러쿵저러쿵 주문이 많은 모양이다.

기요스미가 스마트폰 화면을 이쪽으로 내밀었다. 본인이 말하길 '누나가 원하는 대로' 만들었다는 드레스 사진을 힐끔 보고 바로 스마트폰을 되돌려주었다.

"그냥 급식 위생복이잖아."

"그렇지? 그런데 누나는 이게 좋다는 거야."

미오가 말하는 '이게 좋다'는 드레스와 기요스미가 생각하는 '누나가 가장 예뻐 보이는' 드레스 사이에는 엄청난 간극이 있다. 하지만 누나의 의견을 전면적으로 부정하고 자기가 고른 디자인을 강요하고 싶지는 않다. 미오의 남편 될 사람도 둘의 의견이 교차하는 지점을 잘 찾아보라는 말을 했다……. 흠흠, 맞장구는 치고 있지만 이 이야기에서 대체 무슨 의논거리가 있는지 상상이 가지 않았다.

"누나는 패션 같은 거에 너무 관심이 없어서 표현할 방법을 모르는 거야. 용어도 모르고. 나도 그 부분을 요령 있게 물어볼 방법을 모른다고 할까……. 내가 하고 싶은 말이 뭔지 알겠어?"

"대충은."

고개를 내밀어 다시 기요스미의 스마트폰을 들여다보았다. 보면 볼수록 아마추어가 만든 옷이다.

"그래서 아버지 도움을 받으려고 했는데, 아버지가 싫다는 거야."

젠을 설득해 달라. 그것이 기요스미가 내게 부탁하는 '의논'이었다.

"아버지는 이제 와서 부모 노릇을 하면 되겠냐면서 눈치를 보는데, 나는 뭐 아무렇지도 않아. 아버지가 아니라 드레스를 잘 아는 그냥 아저씨로 편하게 도와주면 되는데."

"그냥 아저씨라니, 너."

뭐, 말은 해보마. 그렇게 넘기고 계산서를 쥐었다.

정말 눈치를 보는 걸까. 의외로 귀찮아서 그런 걸지도 모른다.

학창 시절, 젠이 학교에 오지 않기에 무슨 일인지 살펴보려고 자취방에 간 적이 있었다. 초인종을 눌러도 대답이 없었다.

잠겨 있지 않은 문을 벌컥 여니 젠은 바닥에 엎드린 자세로 디자인 그림을 그리고 있었다. 초인종 소리도, 내 목소리도 들리지 않았다고 한다.

새로운 디자인이 줄줄이 떠올라서 손이 도통 따라가지 못한다고 초조해했다. 졸업 작품으로 드레스를 만들 때는 사흘 밤낮을 잠도 안 자고 작업하다가 탈수 증상을 일으켜 병원에 실려 갔다. 나는 그런 젠이 무섭기도 하고 바보 같은 모습에 기가 막히기도 했지만 진심으로 존경했다.

무엇을 기준으로 훌륭한 인생이라고 판단할지는 사람마다 다르겠지만, 내게 그것은 소유한 재산이 아니라 정열의 유무로 결정된다. 추구하는 것이 있는 사람은, 매일 갈등과 초조함은 있을지언정 허망함을 느낄 일은 없다. 젠에게는 그것이 있었다.

그 녀석을 만나 새삼 실감했다. 새로운 디자인을 창조해 내는 사람은 분명 이 세상에 필요하다. 하지만 그것을 세상에 유통시키려면 마찬가지로 옷본을 만들고, 천을 재단하고, 봉제할 수많은 사람들의 손이 필요하고, 나는 그 많은 사람들을 지원할 수 있다. 거기에 온 힘을 쏟겠노라 결심했다. 젠의 안에서 타오르는 정열에 비하면 남들 눈에는 시시하게 비칠지도 모르지만.

나는 기다리고 있다. 그 시절의 젠이 돌아오기를. 호수 밑바닥에서 잠든 괴물이 눈을 뜨고 수면에 물보라를 일으키는 순간을. 정적을 종잇조각처럼 갈가리 찢어발기며 포효하는 순간을. 줄곧, 벌써 몇 년째 기다리고 있다.

"이번 주 토요일, 그 녀석들이 올 거야."

저녁밥을 먹으며 말하자 젠이 젓가락질을 뚝 멈추었다.

"그 녀석들?"

"네 딸하고 아들."

젠이 왜, 라고 말하려다가 요란하게 콜록댔다. 등

을 두드려줄 마음도 들지 않아 시선을 돌리고 술잔을 기울였다.

사장님, 매일 젠 씨를 위해서 저녁밥을 짓는다는 게 진짜예요? 얼마 전 하마다 씨가 그렇게 물었다. "맞아"라고 대답했더니 배꼽을 잡고 웃었다.

"부인 같아요."

요리는 단순히 취미 같은 것이고 1인분보다 2인분이 만들기 쉽다. 젠은 내버려 두면 건빵을 갉아 먹으며 끼니를 때우는 남자라 영양실조라도 걸리면 사장으로서 곤란하다.

"고용주의 의무야, 이건."

젠 씨를 소중하게 여기는군요. 하마다 씨는 연방 감탄했다. 소중함과는 조금 다르지만 내게 젠이 어떤 존재인지 남에게 정확하게 설명하기란 무척 어렵다.

"너는 기요와 함께 미오의 웨딩드레스를 만들어. 알았지?"

그 후 전화로 한 번 더 기요스미와 의논한 결과, 설득하느니 억지로 밀어붙이는 게 낫다는 결론에 달했다.

"들었어? 이미 결정된 일이야."

젠은 고개를 숙이고 젓가락을 내려놓았다. 오늘은 단골 생선가게에서 윤기가 도는 싱싱한 갈치를 샀다. 소금 간도 굽기도 절묘하다. 식기 전에 먹었으면 좋겠는데, 젠은 그럴 상황이 아닌 것 같았다. "하지만……", "자신이……" 하고 중얼거리며 다다미 거스러미를 자꾸 뜯었다.

"젠, 아마 이게 처음이자 마지막 기회일 거야. 네 아들이 네게 부탁하는 것도, 네가 거기에 응해 줄 수 있는 것도."

기요스미는 젠에게 금전적 지원을 바라지 않는다. 돈이 없는 걸 알기 때문이다. 진로 상담도 하지 않겠지. 미덥지 못한 어른이라는 것을 아니까.

"그 애를 도와줘."

"하지만."

"좀 도와줘."

고개를 꾸벅 숙였다. 젠이 놀란 듯 숨을 삼키는 것이 정수리께에 느껴졌다.

갈치를 구우며 줄곧 옛날 일을 떠올렸다. 젠이 혼자 갈 용기가 없다고 해서 마지못해 따라간 기요스미의 초등학교 운동회.

달리기 출발선에 선 기요스미는 떨어진 곳에서 몰래 지켜보는 우리를 용케 알아보았다.

발이 빠르다고는 할 수 없었다. 하지만 필사적으로 달렸다. 추월당할 것 같아 당황했는지 발이 엉켜 넘어지고 말았다. 하지만 혼자 힘으로 일어나서 꼴찌로 골인했다.

온몸이 모래투성이가 되어 무릎에서 피가 나는 기요스미는 필사적으로 눈물을 참는 얼굴로 우리를 향해 손을 흔들었다.

"부탁이야, 젠."

이런 것밖에 해줄 수 없다.

"구로다 네가 그렇게까지." 젠이 어째선지 지독히 갈라진 목소리로 말을 하다가 멈춘다. 다시 젓가락을 드는 소리가 유난히 크게 들렸다.

현관문을 여니 젖은 풀 냄새가 났다. 요즘 유독 비가 자주 내린다. 약속 시간에 딱 맞춰서 찾아온 둘은 말없이 우산을 접고 있다. 젠 역시 평소보다 더 과묵하고 표정이 없어 거의 졸린 사람처럼 보였다.

함께 들어왔을 텐데 기요스미의 모습이 보이지 않

는다. 아무래도 공장이 신기한지 여기저기 구경하는 것 같았다. 미오는 어지간히 불안한지 응접실 소파 팔걸이에 매달리듯 웅크리고 있었다.

발끝으로 젠의 다리를 걷어찼다. 기겁한 듯 소파 위에서 폴짝 뛰어오른다.

"오랜만이야."

우스울 정도로 음정이 빗나간 목소리로 젠이 겨우 딸에게 말을 걸었다. 제대로 얼굴을 마주하기는 몇 년 만이리라.

"응."

대화라고도 부를 수 없는 대화가 바로 끊겼다. 무거운 분위기를 참지 못하고 아직 여기저기 기웃거리는 기요스미를 불러들였다.

기요스미가 꺼낸 가봉 드레스를 마네킹에 입혔다. 실물을 봐도 역시 '급식 위생복'이라는 인상은 변함없다. 이게 두 번째 가봉이고, 첫 번째 드레스는 이미 '납득할 수가 없어서' 실밥을 뜯어버렸다고 한다.

"참고로 이게 입은 모습."

기요스미의 스마트폰 화면 속에서 반쪽짜리 드레스를 입은 미오가 부루퉁하게 눈썹을 찌푸리고 있었다.

"……드레스에 얽매일 필요는 없어."

신부도 신랑도 턱시도를 입은 해외 결혼식 사진을 본 적이 있다. 하지만 미오는 "곤…… 남자친구 어머님이 꼭 신부 모습을 보고 싶으시대. 그래서"라고 말하며 고개를 저었다. 그런 건 무시해도 된다고 생각하지만 앞으로 계속 보게 될 상대의 소원이라면 그럴 수도 없나.

"하지만 미오는 드레스는 입는 데 거부감이 드는 거지?"

무릎을 꿇은 기요스미가 급식 위생복 소매를 자꾸 잡아당겼다. 그러면 뭔가 힌트를 찾을 수 있다고 믿는 것처럼.

똑 부러지고 견실하다. 나쁘게 말하면 수수하고 고집스럽다. 미오는 언제나 그런 인상을 준다.

입을 꾹 다물고 이쪽을 똑바로 바라보는 화장기 없는 이 딸은, 아름답게 꾸미는 것을 뭔가 헤픈 행위처럼 받아들이는 건지도 모른다.

그런 거냐고 묻자 미오가 고개를 들었다.

"그렇게 단순한 문제가 아니에요."

드레스에 죄가 없다는 건 알고 있어요, 라고 말을 이었다. 죄라니, 몹시도 거창한 표현을 쓴다.

"하지만 리본이나 레이스, 프릴이나 비즈 장식도, 몸매가 드러나는 차림도 어쨌거나 제게 어울리지 않는 것 같고 입어도 편하지가 않아요."

"하지만 어쨌든 드레스는 준비해야 하잖아, 그런 거지?"

"맞아요."

"맞아요."

기요스미와 미오가 한목소리로 대답했다.

"잠깐 비켜봐."

갑자기 튀어나온 단호한 목소리의 주인이 젠이라는 것을 처음에는 몰랐다. 젠은 기요스미를 밀어내고 마네킹 앞에 서더니 잡아당길 기세로 드레스를 벗겼다. 그리고 방에서 나가더니 이윽고 천을 잔뜩 들고 돌아왔다.

"이쪽으로 와."

벽 쪽 거울 앞으로 파이프 의자를 끌고 가더니 미오에게 손짓했다. 미오가 쭈뼛거리며 거기에 앉았다.

"같은 옷본이라도 원단에 따라 많이 달라져."

미오의 어깨에 사뿐히 실크 천을 걸쳤다. 새하얀 원단이 폭포처럼 똑바로 바닥으로 떨어졌다.

"어때?"

"……조금 불편해."

젠은 그렇겠지, 하고 중얼거리더니 이번에는 조젯 원단을 겹쳤다. 얇게 비치는 천이 몸을 부드럽게 감쌌다.

"그럼 이것도 별로 마음에 안 들겠지?"

"응."

거울 속에서 미오가 미간을 잔뜩 찡그렸다.

"그럼 다음. 이건 '타프타'라는 천이야."

빳빳하고 탄력이 있는 아름다운 천이다. 봉제 솜씨에 따라 재미있는 음영을 보여줄 것이다. 하지만 미오는 완고하게 고개를 저었다.

"광택 있는 천이 싫은가 보구나."

튤, 시폰, 오건디. 차례로 미오의 어깨에 겹쳐간다. 아까부터 미오는 "어울리지 않는다"고 말하고 있지만 그렇지 않다, 전부 잘 어울린다.

하지만 분명 그런 표면적인 문제가 아니리라.

"편하지 않다면 좋지 않아, 미오. 그 감각을 소중히

여겨."

젠이 코튼리넨 천을 미오의 어깨에 걸쳤다. 손끝이
닿지 않도록 조심하고 있는 것이 보였다. 고작 그뿐
인데 가슴이 미어지듯 아팠다.

"남의 눈에 귀엽게 보이기는 은근히 쉬운 일이야.
여자는 기본적으로 모두 귀여우니까. 존재 자체가 귀
여워. 하지만 본인이 입었을 때 편하지 않은 옷은 안
돼. 앉아 있기만 해도 불편해서 어깨에 힘이 들어가
고 지쳐버리지. 지치면 자기 자신이 싫어져. 좋지 않
아, 미오. 그건 좋지 않아."

젠이 이렇게 한꺼번에 길게 말하는 건 오랜만일지
도 모른다.

발밑이 흔들리는 것을 느꼈다. 수면이 일렁이고,
호반의 나무들이 술렁이고, 불어오는 바람에 소름이
오소소 돋는다.

"이건 거즈."

미오의 미간에서 어느새 힘이 빠져 있었다. 조심스
레 손가락을 뻗어서 원단을 만진다.

"부드럽네."

"응, 기분 좋지?"

그 부드러움과 가벼움 때문에 거즈는 흔히 아기 옷에 사용한다. 흡습성도 뛰어나고 겹치면 따뜻하다.

거즈 원단을 마네킹에 둘둘 감았다. 젠은 입에 문 시침핀을 쭉쭉 박았다. 평면이었던 천을 집거나 접어가며 자유자재로 형태를 바꾸어간다. 잔주름이 생겼다 싶더니 이번에는 세로 주름이 나타났다. 꽃이 핀다. 바람을 머금은 커튼처럼 부풀어 오른다. 평면의 천이 눈 깜짝할 사이에 변화했다. 어디에도 가위질은 하지 않고.

옆에 선 기요스미가 눈을 크게 뜨고 아버지의 손길을 주시하고 있었다.

"구로다."

젠이 마네킹에서 눈을 떼지 않고 부르는 소리에 저도 모르게 움찔 몸이 떨렸다.

"고다 씨나 가즈코 씨, 아무나 좋으니 좀 불러줘. 사이즈를 재야겠어."

가즈코 씨는 없었지만 고다 씨는 바로 전화를 받았다. 사정을 설명하자 냉큼 달려왔다.

나와 젠과 기요스미, 남자 셋은 응접실에서 쫓겨나

복도에서 기다렸다. 안에서 "네가 젠 씨 딸이구나! 어머나!", "직장은? 학원! 어쩜!" 하는 고다 씨의 커다란 목소리가 들려왔다. 혼자서도 열댓 명에 맞먹을 정도로 시끄럽다.

젠이 중얼거리며 스케치북을 넘기기 시작했다. 책상까지 걸어가는 시간이 아까운지 바닥에 웅크려, 엎드린 듯한 자세로 연필을 긋기 시작했다.

아무런 장식도 없는 드레스였다. 트라페즈 라인이라 부르는, 밑단이 사다리꼴로 퍼지는 실루엣. 목덜미는 얌전한 U 자를 그리고 있다. 긴소매는 손목 언저리를 큼직하게 잡아서 클래식한 인상을 준다.

밑단은 좌우 비대칭으로 삼각형을 이루고 있다. 아래에 한 장 더 치마를 덧댈 생각인 것 같다. 심플하지만 수수하지는 않다. 캐주얼한 소재를 썼음에도 흐트러진 인상은 없다. 분명 저 아이의 매력을 돋보이게 하는 드레스가 될 것이다.

"젠."

잘 돌아왔어. 그렇게 말해야 하나 고민했다. 아무래도 연극적인 것 같아 입에 담기 쑥스럽다. 하지만 어쨌거나 지금 젠의 귀에는 들리지 않으리라.

젠은 그러고 나서 연달아 재단과 봉제를 했다. 고다 씨의 연락을 받고 달려온 종업원 두 사람이 재봉질을 도왔다. 시끌벅적 소란스러워졌다.

보통 가봉은 무명천을 쓰는데 젠은 실제 드레스 원단을 바로 쓰겠다고 했다. 그게 확실히 빠르고 낭비가 없다. 기요스미는 작업에 끼고 싶은지 젠의 주위를 어슬렁거리다가 사람들에게 계속 "좀 비켜봐"라는 말을 들었다.

"앉아 있어."

보다 못해 팔을 잡아끌어 소파에 앉혔다.

"미오, 잠깐 다시 입어봐."

미오가 고다 씨에게 불려가자 응접실에 둘만 남았다. 기요스미가 심심한 듯 방을 둘러보았다. 응접실이라고 해도 손님은 거의 오지 않는다. 선반에는 샘플 원단과 잡지가 대충 꽂혀 있고 그 대부분이 먼지를 한 겹 뒤집어쓰고 있었다.

"나하고 할머니는 가봉까지 몇 달이나 걸렸는데 저 사람들은 하루 만에 해버리네."

기요스미가 넋이 나간 것처럼 중얼거렸다.

"프로인데 당연하지."

와아아! 그런 소리가 나서 방을 들여다보러 갔다.

고다 씨와 종업원들, 젠이 시종처럼 무릎을 꿇고 있었고 꼿꼿이 선 미오는 동화 속 공주님처럼 기품 있고 아름다워 보였다.

자기에게 잘 맞는 옷은 자세를 곧게 만든다. 옷은 단순히 몸을 감싸는 천이 아니다. 세상과 대등하게 맞서기 위한 힘이다.

기요스미가 뺨에 홍조를 띠고 달려갔다. 뭐라고 말한 것 같은데 들리지 않았다. 젠 역시 뭐라고 대답하더니 기요스미의 머리를 만졌다. 머리카락을 헝클어뜨리는 젠의 손길에 기요스미가 슬쩍 표정을 누그러뜨린다.

목소리가 나오지 않는다. 입술이 말라서, 입을 열면 쭉쭉 갈라질 것 같다. 겨우 몇 미터 거리가 끝없이 멀다.

달리기에서 넘어져 모래투성이로 이쪽을 향해 손을 흔들던 기요스미. 그 눈동자는 젠 한 사람만을 똑바로 바라보고 있었다. 어중간하게 채워지던 부성 같은 감정은 역시 '비슷한 감정'일 뿐, 함께 웃는 그들 사이에 절대 낄 수 없다. 그것을 깨달았다.

결혼한다는 것, 부모가 된다는 것. 실감이 나지 않아 어느 쪽도 원치 않고 오늘까지 살아왔는데. 지금 모습에 불만이 있는 것도 아닌데.

응접실로 돌아와 조용히 문을 닫았다.

눈물이 날 것 같았다. 기분 탓이다. 이런 일로 일일이 울 수는 없다, 아이도 아니고. 하지만, 하지만 하고 투정을 부려도 과거는 바꿀 수 없으니까.

문이 열리더니 기요스미가 들어왔다. 아까까지 뺨이 발그레했는데 갑자기 표정이 어둡다.

"무슨 일이야?"

"아니…… 결국 드레스, 내 손으로 못 만들었다 싶어서."

옆에 걸터앉은 기요스미가 한숨을 푹 쉬었다.

"나한테는 역시 아직 일렀나 봐."

젊은이 특유의 격렬한 감정 변화가 귀찮기도 하고 부럽기도 했다.

선반에서 책을 한 권 꺼내 기요스미의 무릎에 얹었다.

"화이트 워크가 뭔지 알아?"

화이트 워크란 쉽게 말해 하얀 천에 하얀 실로 자

수를 놓는 기법이다. 색을 사용하지 않는 소박한 장식이라면 미오의 취향에 맞을 것 같다.

"자수라면 젠보다 네 실력이 더 좋지 않아?"

"……그래?"

기요스미의 뺨이 다시 붉어졌다.

"다른 책도 봐도 돼?"

"물론."

민속 의상 디자인이나 전통 자수, 직물에 대한 책을 반은 취미로, 반은 일로 수집하고 있었다.

기요스미는 일본의 문양을 수록한 도안집을 선 채로 열심히 뒤적거렸다.

"마음에 들면 가져가도 돼."

대답은 없었지만 대신 꾸루루룩하는 소리가 울려 퍼졌다. 배인가? 지금 울린 건 이 녀석 배인가?

일어서서 겉옷을 걸치자 기요스미가 고개를 들어 어리둥절하게 쳐다보았다.

사장님이 쏘는 거라면 초밥이다, 아니다 고기다, 왁자지껄 떠든 끝에 가까운 중화요리점으로 결정했다. 다 같이 앉을 수는 없어 테이블 두 개와 카운터에 나

누어 앉았다.

그렇게 의도한 건 아니지만 카운터에는 젠과 미오 두 사람이 앉았다. 기요스미는 내 옆에서 신기한 듯 벽에 붙은 메뉴를 올려다보고 있다.

저 둘은 진지한 표정으로 대체 무슨 이야기를 하고 있는 걸까. 그런 생각을 하다가 내가 간섭할 문제가 아니라는 걸 깨달았다.

가정생활에 맞지 않는 사람들이 어쩌다 보니 함께 지낸다. 나와 젠의 현재 생활을 그렇게 생각하고 있었다. 하지만 젠에게는 피를 나눈 아이가 둘이나 있다. '잘 모르겠지만 안 맞을 것 같다'라는 이유로 오늘에 이른 나와는 엄청난 차이가 있다.

"구로다 씨."

기요스미가 불쑥 입을 열었다.

"저기, 여러모로 신경 써줘서 고마워요."

드레스를 만든 건 젠과 고다 씨, 종업원들이다. 인사라면 그 사람들에게 하라고 말하려는데 "그게 아니라"라고 말문을 막았다.

"그게 아니라, 아버지 말이야."

여태까지 쭉, 고마웠어. 고개를 숙이는 모습에 난

처해졌다. 무슨, 이라고 말하려는데 제대로 발음하지 못했다. 어떻게 해도 입술이 떨렸다.

"무슨 소리를 하나 했더니."

"내가 고맙다고 말하는 것도 이상하지만 그래도 다행이라는 생각이 들어서."

자기는 누나나 어머니, 할머니와 살지만 아버지는 혼자니까, 그게 어렸을 때부터 마음에 걸렸다는 기요스미의 이야기를 잘 듣기 위해 몸을 기울였다. 옆자리 4인석 테이블을 차지한 종업원들이 맥주를 마실지, 만두는 몇 인분 시킬지 옥신각신하고 있다. 가게에서 켜둔 텔레비전 소리가 들리지 않을 정도로 큰 목소리로.

"나는 부양할 가족도 없으니 젠 한 사람쯤이야 별 것 아니야…… 하지만 젠에게는 너희라는 가족이 있으니……."

말하는데 뺨이 서서히 후끈거렸다. 스스로도 무슨 소리를 하는지, 무슨 말을 하고 싶은 건지 전혀 모르겠다.

기요스미가 천천히 눈을 깜빡거렸다. 너희라는 가족, 하고 입속으로 중얼거리다가 고개를 갸웃했다.

"아버지 가족은 구로다 씨잖아."

"응?"

목소리가 갈라져서 점점 더 빰이 달아올랐지만 기요스미는 전혀 신경 쓰지 않는 눈치였다.

"매일 함께 밥을 먹고, 걱정도 해주고, 일도 그렇지만 앞으로도 이것저것 함께할 계획이고…… 그런 걸 가족이라고 하지 않을까."

저 사람들도 그렇잖아, 하고 고다 씨와 종업원들 쪽으로 고개를 돌렸다.

"저 사람들도 구로다 씨 가족이잖아."

종업원들이 앉은 테이블에서 꺄악 비명이 터졌다. 만두를 찍어 먹을 간장에 고추기름을 너무 많이 넣었다며 시답지 않은 일로 용케도 저렇게 떠든다.

"게다가 우리 집에는 아버지는 없지만."

시끄러운 종업원들에게 정신이 팔린 시늉을 하면서 "그래" 하고 추임새를 넣었다.

"밖에는 아버지가 둘이나 있는 느낌이라 뭐랄까, 조금 이득 보는 기분이었어. 구로다 씨, 운동회도 보러 와줬잖아. 어, 구로다 씨는 이미 잊었을지도 모르지만."

대답하려는데 "음식 나왔습니다" 하고 따끈따끈한 볶음밥 접시가 나와 아무 말도 하지 못했다. 목구멍 속에서 치밀어 오르는 이 뜨거운 덩어리를 삼키고 나서 꼭 "기억하고말고"라고 전하자. 당연히 기억하고 있다고.

중화요리점 앞에서 헤어졌다. 젠은 다음 주 안에 드레스를 완성하겠다고 약속했고, 미오와 기요스미는 역으로 걸어갔다.

"그럼 사장님, 젠 씨도, 월요일에 또 봐요."

"응. 고마워."

고다 씨와 종업원들은 요즘 브로콜리가 비싸다느니 콩나물을 못 사겠다느니 또 시끌벅적 떠들며 돌아갔다.

둘만 남으니 묘하게 말수가 줄어든다. 미묘하게 거리를 두고 강변길을 걸었다.

옅은 하늘색과 오렌지색, 흰색이 세 겹으로 층을 이룬 하늘에 잿빛 구름이 무늬를 그리고 있었다. 나란히 늘어선 집들은 그저 검은 윤곽으로 변했고 편의점과 자판기의 환한 빛이 눈을 찔렀다. 하늘의 빛깔을 머금은 강은 새틴 천의 광택을 닮았다.

"있지, 구로다."

뒤에서 따라오던 젠이 이름을 불러 고개를 돌렸다.

"온라인 쇼핑몰에 내놓은 가을 겨울 옷, 아직 상품 추가 가능할까?"

"그런 건 언제든지 추가할 수 있는데."

"그런가. 그렇지."

하하하. 웃음소리가 고막을 때렸다. 스케치북의 새하얀 페이지를 들추는 듯한 목소리였다.

"뭘 추가할 셈이야?"

"실은 오늘 미오 드레스를 만들면서 조금 새로운 치마가 떠올랐어. 원피스에 겹쳐 입어도 되고, 따로 입어도 되는 옷."

남의 눈에 귀엽게 보이기는 은근히 쉬운 일이야. 여자는 기본적으로 모두 귀여우니까. 존재 자체가 귀여워. 하지만 본인이 입었을 때 편하지 않은 옷은 안 돼. 앉아 있기만 해도 불편해서 어깨에 힘이 들어가고 지쳐버리지. 지치면 자기 자신이 싫어져.

젠은 미오에게 분명 그렇게 말했다. 하마다 씨가 내추럴 스타일이라고 평가한 원피스. 아무 생각 없이 그냥 무난한 옷을 만든다고 멋대로 판단했는데.

무의식중에 휘파람을 불고 있었다. 고요한 호반의 숲 그늘에서, 그만 깨어나라고 뻐꾸기가 운다. 호수 바닥의 괴물은 잠든 적 없었고, 그 가슴에서 타오르는 정열도 사라진 적 없었다.

"구로다, 너…… 휘파람 잘 부네."

마치 지금 처음 들어본 것처럼 젠이 눈을 휘둥그레 떴다.

제6장

흐르는 물은 썩지 않는다

바늘에 꿴 하얀 실을 눈높이로 들어 올려 손가락으로 톡 튕겼다. 실이 흔들릴 때 무언가가 함께 흔들린다. '무언가'가 무엇인지는 나도 잘 모른다. '마음이 흔들리는' 것과도 다르다. 굳이 찾는다면 세계일지도 모른다. 내가 있는, 보고 있는 이 세계 전체가 짧은 찰나에 모습을 바꾸는 것이다. 아주 조금, 그렇지만 확실하게.

　거즈를 세 겹으로 겹친 하얀 드레스는 가뿐하고 부드럽다. 요전에 책을 읽는데 '초봄에 쌓이는 눈처럼'이라는 표현이 나와서 그 내용에 조금 놀랐다. 이 부근에서는 초봄은커녕 한겨울에도 눈이 내리는 일이 거의 없다. 내가 본 적 없는 세계가 수없이 많다. 하얀 거즈를 만질 때마다 그 사실을 떠올린다.

바늘을 꽂으려는데 역시나 손이 멈추고 만다. 첫 땀을 뜨려고 할 때마다 이렇게 된다.

어이! 어이! 장지문 너머에서 누가 부르는 소리가 들렸다. 목소리는 "기요스미 군!" 하고 이어졌다. 내 이름을 그렇게 부르는 사람은 아직 한 명밖에 없다. 고개를 들자 장지문이 스르륵 열렸다. 곤노 씨가 얼굴을 들이밀었다.

"미안, 대답이 없길래 멋대로 열었어."

"죄송해요. 생각 좀 하느라."

누나의 약혼자가 집에 와 있다는 사실을 지금 이 순간까지 잊고 있었다. 그것은 다시 말해 곤노 씨가 이미 우리 집에 완전히 녹아들었다는 뜻이다. 할머니는 "접시 좀 꺼내줄래?" 하고 친손자처럼 대하고 어머니도 자식처럼 몹시 편하게 대하고 있다.

거실에서 텔레비전 퀴즈 프로그램 소리가 들려왔다. 그 소리를 덮는 누나의 웃음소리도.

"들어가도 될까?"

"네."

이곳은 할머니 방이라 내가 그렇게 말하는 건 이상하지만 마침 이 방의 주인인 할머니는 집을 비웠다.

최근 마키 짱이라는 사람하고 사이가 좋다. 오늘도 '밤마실'을 가겠다고 선언하고 저녁때 서둘러 외출했다. 70대 여자 둘이서 어디로 밤마실을 가는지는 모르겠지만 요즘 할머니가 유독 활기찬 것은 분명하다.

"이게 기요스미 군이 만든 드레스야?"

곤노 씨가 멀찍이서 마네킹에 입힌 웨딩드레스를 뚫어져라 보았다. 일주일 뒤 일요일, 누나는 이 드레스를 입고 곤노 씨와 결혼식을 올린다.

"아니요. 제가 만든 게 아니에요."

누나가 렌탈 드레스는 너무 화려해서 하나같이 입을 마음이 들지 않는다고 불평한 게 봄철이었다. 그렇다면 누나 마음에 드는 드레스를 내가 지어주겠다고 결심했다. 드레스를 만들어본 경험은 없었다. 지식도 없었다. 하지만 해보고 싶었다. 어머니는 늘 그렇듯 "그만둬"라고 했지만 아무 근거도 없이 나라면 할 수 있다고 믿었다.

"하지만 못 했어요."

어쩔 수 없이 아버지의 도움을 받았다. 내가 만 한 살 때 어머니와 헤어져 이 집에서 나간 아버지. 만날 때마다 돈이 없다고 투덜거리는 아버지. 실제 나이보다 젊어 보이는(즉 어딘가 미덥지 못한) 아버지.

하지만 구로다 봉제 공장에 가서 본 아버지는 달랐다. 그곳에서 일하는 사람들과 아버지는 거의 하루 만에 이 드레스를 만들어냈다.

마네킹에 두른 천을 아버지가 핀으로 살짝살짝 잡아만 줘도 천은 자유자재로 형태를 바꾸었다. 아버지의 손은 오로라 같은 주름을, 구름 같은 프릴을, 몇 번이고 몇 종류고, 마법처럼 차례로 만들어냈다. 평소의 흐리멍덩하니 졸린 듯한 말투도 사라진 채 도와주러 온 아주머니들에게 척척 지시를 내리는 아버지는 내가 전혀 모르는 사람이었다.

"굉장하죠?"

"어, 굉장하네."

민소매는 싫어. 너무 귀여운 것도 싫어. 어쨌거나 반짝거리는 건 싫어.

그런 건 드레스가 아니야. 내가 무시한 누나의 요구를, 아버지와 아버지의 직장 동료들은 한 번도 부정하지 않았을뿐더러 정확히 그 의도를 파악해 이 드레스를 지어냈다.

원피스라 불러도 무방할 만큼 심플하고 캐주얼한

디자인과 통기성이 좋은 거즈 소재는 분명 남들 앞에 나서길 거북해하는 누나의 긴장감을 풀어줄 것이다.

"하지만 마무리는 기요스미 군이 할 거잖아?"

내 손으로 드레스를 완성하지 못해 침울해하자 구로다 씨가 자수를 넣어보면 어떠냐고 조언해 주었다.

구로다 씨는 아버지의 고용주라고 할까, 파트너라고 할까, 그런 느낌의 사람이다. 내게는 어떤 의미로 아버지보다 더 아버지 같은 사람이기도 한데, 그 미묘한 관계를 곤노 씨에게 설명할 자신이 없다. 적어도 지금은.

"도안 때문에 아직 고민하고 있어요."

어쨌거나 '무난함'을 중시하는 누나를 존중해 밑단 부분에만 아주 작게 들꽃 자수를 넣을 생각이었다. 하얀 실로, 가까이서 봐야 알 수 있을 정도로 튀지 않게. 하지만 이거다 싶은 마음이 들지 않아 아직 첫 땀도 뜨지 못했다. 그럴 수밖에 없는 것이 내가 하고 싶은 자수는, 그리고 누나에게 어울리는 건 '무난함'이 아니니까.

"하지만 예식까지 이제 일주일 남았어."

"그렇긴 한데……."

드레스는 이대로도 충분히 멋진 디자인이다. 내 자수로 망쳐서는 안 된다고 생각하니 더욱 손이 멎어버린다.

이제 시간이 없다. 자수를 넣든 넣지 않든 빨리 결정해야 하는데.

입을 다물어버린 나를 흘깃 보더니 곤노 씨가 헛기침을 한 번 했다.

"뭐 좀 물어봐도 돼?"

"그러세요."

"처음에 무슨 계기로 자수를 시작했어? 전부터 궁금했어, 남자 취미로는 흔하지 않으니까."

아, 이상하다고 말하는 건 아니야, 하고 몸을 바짝 내미는 곤노 씨를 "알아요, 안다고요" 하고 밀어냈다. 자수를 시작한 계기는 할머니가 하고 있었으니까. 하지만 물론 그게 다는 아니다.

"자수는 전 세계에 있는데, 저마다 특징이 달라요."

곤노 씨가 "허, 그래?" 하고 다시 몸을 내밀었다.

"가령 일본에는 누빔 자수라는 게 있는데, 이건 원래 천을 튼튼하게 보강해서 보온성을 높이려고 실을 겹친 게 시초였대요."

"호오."

"'등 부적'이라는 건 알아요? 아기 배냇저고리 등판에 자수를 놓는 풍습이 있었대요. 소위 말하는 액막이죠. 닭이나 거북이, 그런 도안으로."

"호오, 호오."

곤노 씨가 크게 끄덕거렸다. 누나는 분명 이 사람의 이런 면에 반했으리라. 내가 무척 재미있는 이야기를 해주고 있는 것 같아 괜히 으쓱하다.

일본뿐만이 아니다. 루마니아의 어느 지방에서는 딸이 태어나면 바로 그 아이가 시집가서 쓸 이불이나 베갯잇에 자수를 놓기 시작한다. 인도에는 '미러 워크'라고 해서 거울을 붙이는 자수 기법이 있다. 거울이 나쁜 기운을 반사해서 몸을 지켜준다고 믿는 것이다.

"자수는 예로부터 전 세계에 있었는데 기법은 여러모로 달라도 거기에 담긴 소망은 다들 비슷해요. 그런 게 왠지 재미있잖아요."

전 세계에서 누군가가 누군가를 위해 기도한다. 건강해라, 행복하게 살아라.

고등학생이 되어 다양한 자수 책을 읽는 사이 자수

의 역사를 조금 더 자세히 알고 싶다는 생각을 하게 되었다. 거기에 담긴 사람들의 마음을, 생활을 더 알고 싶다고.

남에게 이야기하는 건 처음이었다. 목표라고 할 정도로 확실하지는 않았던 욕구가 말로 한 순간 윤곽을 얻었다. 그런가, 나는 그렇게 생각했나. 눈을 크게 떴다. 윤곽을 보다 뚜렷하게 만들고 싶어 다시 한번 말로 했다.

"알고 싶어요, 더 많이."

"굉장해, 장대한 일이네."

"아니, 장대하다니, 그런."

"장대한 꿈을 가진 처남이 생겨서 기뻐."

그렇게 구김살 없이 기뻐하면 이쪽이 쑥쓰러워진다. 몸을 돌려 스멀스멀 뜨거워지는 뺨을 숨겼다.

활짝 열어둔 장지문 사이로 어머니가 불쑥 고개를 들이밀었다. 우리 이야기를 들었을까? 결코 눈을 마주치려 하지 않고 코코아 두 잔을 받친 쟁반을 들고 들어왔다. 뜨거운 물만 부으면 되는 인스턴트 코코아인데 어머니는 옛날부터 맛은 그저 그래도 편한 게 좋다며 즐겨 마신다.

"고맙습니다."

곤노 씨가 무릎을 꿇은 자세 그대로 고개를 숙였다. 어머니는 드레스에는 눈길도 주지 않고 쟁반을 곤노 씨 옆에 내려놓았다.

"기요스미 군은 굉장하네요, 장모님."

어머니가 뭐라 말하려다가 요란하게 콜록거렸다. 감기에 걸렸는지 며칠 전부터 계속 기침을 하는데 날이 갈수록 더욱 심해졌다.

하지만 나는 괜찮은지 묻지 못하고, 어머니도 절대 내 쪽을 쳐다보지 않는다. 눈물 맺힌 눈으로 입가를 가리고 방에서 나가버렸다.

"장모님, 괜찮은 걸까?"

"어머니는 감기에 걸려도 회사를 쉬지 않으니까요. 무슨 고집인지 병원에도 안 가고."

그래서 병이 오래간다. 매년 있는 일이다. 괜찮은지 걱정할 마음도 들지 않고, 게다가 어머니는 저런 성격이라 용한 타이밍에 기침이 나왔다고 생각할 것 같다. 곤노 씨의 "굉장하네요"라는 말에 대답하지 않아도 되니까.

"어머니는 제가 자수 놓는 게 싫은 거예요."

왜 그렇게 굳이 튀는 짓을 하는 거야? 그게 어머니의 주장이다. 내가 학교에서 놀림을 받거나 왕따를 당하지 않을까, 줄곧 그런 걱정만 하고 있다.

곤노 씨는 어중간한 미소를 지으며 입을 다물고 있다. 나와 어머니, 어느 쪽의 편을 들어도 모가 난다고 생각하는 걸까?

실제로 중학생 때까지 나는 언제나 혼자였다. 어머니나 할머니에게 걱정을 끼치지 않으려고 고등학교에 들어가면 노력해 친구를 만들어보자고 생각한 적도 있다. 하지만 내가 좋아하는 것을 좋아하지 않는 척하는 것도, 좋아하지 않는 것을 좋아하는 척하는 것도 몹시 서글픈 행동이라는 것을 깨달았다. 그래서 나는 자수를 그만두지 않았고 억지로 주위에 맞추는 것도 그만두었다. 하지만.

다다미 위에 팽개쳐 둔 스마트폰이 깜빡거렸다. 미야타가 "심심해"라는 메시지를 보내왔다. "나는 바빠"라고 답장을 보내자 바로 판다가 우는 스티커가 돌아왔다.

나는 자수를 그만두지 않았다. 하지만 친구는 남았다.

뜨거운 코코아가 맛있어서 새삼 계절의 변화를 느꼈다. 봄이 오고, 여름이 지나가고, 가을이 되었다. 겨울이 되기 전에 누나는 이 집을 떠난다.

곤노 씨는 지난주에 신혼집이 될 맨션으로 이사했다고 한다. 누나도 조금씩 짐을 옮기고 있는데 결혼식을 마치기 전에는 이 집에 있겠다고 했다. 하지만 여차저차하다 보니 결국 모레 신혼집에 들어간다.

"누나를 잘 부탁드립니다."

"응. 미오하고 평생 사이좋게 살 거야."

곤노 씨의 눈꼬리가 살짝 휘어지면서 표정이 부드러워졌다. "장대하지는 않지만 그게 나의 꿈"이라고 말은 했지만 쉽게 이룰 수 있는 꿈도 아니다. 가족이 되었다고 자연히 '평생 사이좋게' 살 수 있는 것도 아니다. 나는 그것을 알고 있다.

"기요, 그것 좀 줘."

어머니가 턱짓으로 가리키는 위치에 있는 간장병을 말없이 밀었다. 저녁 식사를 하는 식탁은 평소와 똑같은데 어째선지 오늘은 묘하게 넓게 느껴졌다.

방금 전 집을 떠나는 누나를 배웅한 참이었다. 두

손 모아 절하며 "오늘까지 돌봐주셔서 감사합니다" 하고 눈물 어린 인사를 할 줄 알았는데 실제로는 "그럼 이만", "응" 하고 실로 간단하게 몇 마디 주고받고는 편의점에라도 가는 느낌으로 성큼성큼 걸어가 버렸다.

어머니는 갑자기 나오는 기침을 경계하는지 조심조심 밥을 입에 넣고 된장국을 홀짝거렸다.

"할머니도 지금쯤 식사하고 있을까?"

"그렇겠지."

할머니는 어제 여행을 떠났다. 단짝친구 마키 짱과 함께 갈 줄 알았더니 세상에, 혼자 간다는 것이었다. 온천도 가고 폭포도 볼 계획이라고 했다. 지금까지 해보지 않은 일을 전부 해보고 싶다며 의욕을 불태우고 있었다.

"하필 결혼식을 앞둔 이런 타이밍에 가는지."

몹시 불만스럽다는 듯 어머니가 눈썹을 찌푸렸다.

"뭐 어때. 금요일인가 토요일에는 돌아온다고 했고."

애초에 결혼식을 올리는 건 누나지 할머니가 아니다.

"엄마야말로 결혼식 전에 감기 나아야지. 병원에 좀 가보지?"

"그런 건 나도 알아."

갈 수 있으면 벌써 갔을 텐데, 도저히 일을 쉴 수가 없다는 완고한 주장에 속으로 고개를 갸웃거렸다. 그렇게나 절대 쉴 수 없는 일이 대체 뭘까.

하아, 들으란 듯 한숨을 쉬면서 어머니가 관자놀이를 눌렀다.

"기요는 늘 할머니 편만 드는구나."

솔직히 귀찮다. 빨리 자리에서 일어나려고 반찬과 밥을 쑤셔 넣듯 먹었더니 어머니가 "더 꼭꼭 씹어야지" 하고 눈썹을 찌푸렸다.

"고맙게도 할머니가 여행 가기 전에 신경 써서 만들어준 반찬이니까."

이 사람의 말은 자갈 같다. 하나하나는 정말 작아서 맞아도 다치지 않지만 연달아 맞기는 싫다.

"……하고 싶은 말이 뭔데?"

어머니는 대답하지 않았다. 눈조차 마주치지 않는다. 시선을 따라가 보니 아무래도 내 셔츠의 가슴주머니를 보고 있는 것 같았다. 정확히는 주머니에서 튀어나온 파우치를.

"너, 그거……."

"아, 이거?"

주머니에서 꺼낸 파우치는 구깃구깃했다. 손바닥
위에 넓게 펼쳐서 보여주었다.

어린이집에 다닐 때 컵을 넣는 용도로 쓰던 파우치
다. 분명 할머니가 만들어준 걸로 기억한다. 남색 깅
엄체크 원단에 기계자수로 '마쓰오카 기요스미'라고
이름이 새겨져 있다.

아까 자투리 천 상자를 뒤졌더니 이게 바닥 쪽에
깔려 있었다. 자투리 천 상자에 넣어둔 천은 바느질
시험용으로 쓰거나 청소용 걸레로 쓰는 방침이라 각
자 낡은 티셔츠 따위를 접어 넣는다.

"그거, 아직 더 쓰려고?"

눈썹을 잔뜩 찌푸린 것을 보니 어머니가 상자에 넣
은 걸까. 몹시 불쾌하다는 듯이 "너, 그렇게"라고 말
하다가 기침을 했다. "그렇게" 다음으로 무슨 말을 하
고 싶은 걸까. 눈물을 글썽이며 어머니가 "역시 컨디
션이 안 좋아. 자야겠어"라며 일어나서 그다음은 듣
지 못했다.

눈이 나빠지니 밤에는 바느질을 하면 안 된다. 할머니는 항상 그렇게 말하지만 낮에는 학교에 가야 하니 아무래도 밤에 하게 된다.

시곗바늘은 이미 새벽 1시를 가리켰지만 아직 한 땀도 놓지 못했다. 아무것도 못 할 바에야 하다못해 자는 게 낫겠지만 그만둘 타이밍을 못 찾고 있다. 드레스 앞에 웅크려 앉은 채로 그저 시간만 보냈다.

파우치에서 꺼낸 안약을 넣고 잠시 눈을 감았다.

내가 다니던 어린이집은 컵 보관용 파우치는 물론이고 주머니처럼 생긴 모든 물건에 지정된 크기와 끈 길이가 있어, 그것을 보호자가 전부 직접 만들어야 하는 규칙이 있었다고 한다. 언제였을까, 할머니가 "그 말을 들은 사쓰코가 화를 냈지" 하고 옛날 일을 떠올리고 웃으며 말해 주었다.

"그 애, 어린이집에 직접 따지러 갔어. '어째서 기성품은 안 되는 거죠? 이걸 직접 만드는 게 애정의 증거라니 이상하지 않나요?' 하고 말이야. 뭐, 결국 통하지 않아서 내가 전부 만들었다만."

뭔가에 수고를 들이는 것이 애정과 관심의 증거라고 생각하지 않았으면 좋겠다. 그것이 예전부터 어머니의 지론이었다. 전에 상사가 감사장은 진심을 전하기 위해 반드시 손으로 써야 한다고 했을 때도 집에 돌아와서 계속 불평했고, 누나가 학생 때 밸런타인데이에 친구들과 과자를 교환하려고 초콜릿이 든 머핀인지 쿠키인지를 만들었을 때도 이해가 안 간다는 듯이 "몇백 엔만 내면 그냥 맛있는 걸 살 수 있는데"라고 말했다.

파우치를 보고 씁쓸한 기억이 되살아났던 걸까. 잔뜩 찡그린 어머니의 미간을 떠올리며 방에서 나왔다.

맨발로 밟는 복도 바닥은 얼음장처럼 차가워서 눈 깜짝할 사이에 체온을 빼앗겼다. 살금살금 부엌에 가서 냉장고에서 생수를 꺼냈다. 컵에 입을 댄 순간 어머니 방에서 기침 소리가 들려왔다. 좀처럼 멎을 줄을 모른다. 잠시 멈췄나 싶으면 다시 시작되고 이따금 "우욱" 하는 힘겨운 소리가 끼어들었다. 장지문 너머로 말을 걸었지만 대답이 없다.

"잠깐 들어갈게."

알전구의 오렌지색 불빛 아래, 어머니가 몸을 잔뜩 웅크리고 있었다.

"왜 그래?"

숨 쉬는 것도 힘겨워 보이는 어머니가 입을 열었다. 아, 파. 그런 모양으로 입술이 움직였지만 목소리는 나오지 않는다. 등을 받쳐주는데, 몸이 너무 뜨거워서 깜짝 놀라 그만 손을 떼고 말았다.

"어디가 아파?"

대답 대신 어머니의 눈에서 눈물이 줄줄 흐르는 것을 보고 간이 철렁했다. 이 사람이 울다니, 예삿일이 아니다. 절대 감기 같은 게 아니라 더 심각한 병에 걸린 게 분명하다.

"구, 구급차, 구급차 부를게."

내 팔을 붙잡고 고개를 크게 젓는 어머니의 목구멍에서 바람이 새어 나가는 안쓰러운 소리가 흘러나와 머릿속이 순간 새하얘졌다.

어쩌지.

어쩌지, 어쩌지, 어쩌지.

할머니를 부르려 했지만 여행을 가고 없다는 사실을 떠올렸다. 누나도 없다. 이 집에는 어머니와 나, 둘뿐이다.

떨리는 손으로 스마트폰을 잡았다. 가장 먼저 머릿속에 떠오른 그 사람은 자고 있었는지 잔뜩 갈라진 목소리로 "여보세요" 하고 전화를 받았다.

"구로다 씨? 미안, 이런 시각에."

"무슨 일이야?"

죽도록 귀찮다는 듯한 목소리에 움츠러들면서도 간신히 상황을 설명했다.

"구급차는 부르기 싫은 모양인데, 당장이라도 죽을 것처럼 기침을 해, 어쩌지?"

"어어."

"어쩌지? 어떻게 해야 돼, 이거."

"어, 잠깐만."

뒤적거리는 소리가 들린다. 잠시 후 구로다 씨가 "메모해"라고 말했다. 24시간 영업하는 택시 회사 전화번호를 알려주겠다고.

"택시 불러서 응급실에 데려가."

"아, 알았어."

"……혼자서 괜찮겠어?"

조금 생각해 보고 "응, 괜찮아" 하고 전화를 끊었다. 고맙다는 인사를 하지 못했다는 것이 나중에야 생각났다.

늦은 시각인데도 택시는 금방 와주었고 병원 야간

출입구에는 불빛이 환하게 켜져 있었다. 그게 묘하게 든든했다.

"너."

택시에서 내릴 때 어머니가 목소리를 쥐어짰다.

"어, 왜?"

"겉옷."

그렇게 말하다가 또 콜록거렸다. 겉옷이 어쨌다는 걸까. 등을 문질러주다가 내가 실내복인 긴소매 티셔츠 위에 아무것도 걸치지 않았다는 것을 깨달았다. 밤바람이 훤히 드러난 목덜미에서 체온을 앗아갔다.

당황해서 내 차림새까지 신경 쓸 겨를이 없었다. 어머니는 어느새 추리닝 상하의 위에 두꺼운 카디건까지 껴입고 있었다. 제대로 말도 못 하는 상태인데 아들 겉옷 걱정 같은 건 하지 말았으면 좋겠다.

아직 뭐라고 말하고 싶은 눈치였지만 어머니의 등을 떠밀어 병원으로 들어갔다. 다행히 대기 중인 환자가 없었는지 간호사가 바로 어머니를 진료실로 데려갔다.

조명을 반쯤 꺼놓은 어두한 대합실에는 60대쯤 되어 보이는 아저씨가 혼자 앉아 있었다. 긴 의자 구석

자리에서 몸을 웅크리고 있었는데 어째선지 나를 보자마자 순간 용수철처럼 튀어 올랐다. 저도 모르게 경계했지만 아저씨는 바로 원래 자세로 돌아갔다.

긴 의자는 얼음처럼 차가워서 거기에 앉으니 갑자기 마음이 불안해졌다. 역시 구로다 씨에게 와달라고 부탁할 걸 그랬다. 어째서 혼자서도 괜찮다고 허세를 부렸을까. 만약에 나 혼자 받아들이기 힘든 중병이 발견되기라도 하면 대체 어떻게 해야 할지 모르겠다.

진정하자, 일단. 그래, 따뜻한 음료수라도 마시면서. 마음을 다잡고 자리에서 일어섰을 때 복도에 어머니의 모습이 보였다. 하지만 그건 잠깐이었고 간호사가 바로 다른 방으로 데리고 가버렸다. 뭔가 특수한 검사라도 받는 걸까.

떨리는 손으로 자판기에 동전을 넣는 나를 아저씨가 또 물끄러미 바라보기 시작했다. 몹시 마음이 뒤숭숭해서 뜨거운 밀크티를 마시고 싶었는데 실수로 차가운 녹차 단추를 누르고 말았다. 새로 사기도 짜증 나서 두 손바닥으로 굴려서 데워보려 했다.

이윽고 조금은 미지근해진 녹차를 홀짝홀짝 마시고 있으려니 간호사가 나왔다. 내게 손짓한다. 방금

차를 마셨는데 벌써 입안이 바짝바짝 타기 시작했다.
예, 하고 대답하는 목소리가 뒤집어졌다.

"어머님, 폐렴이었어."

"폐렴…… 폐렴이라면 그, 폐렴 말인가요?"

폐렴은 폐렴이지만 간호사는 "맞아, 그 폐렴이야"라고 고개를 끄덕일 뿐이었다. 직업상 이상한 질문에 익숙한 것 같았다.

"일단 입원해야 해. 하지만 생명이 위험한 건 아니니 안심하렴."

무척 왜소한 사람이었다. 나를 올려다보며 "깜짝 놀랐지? 하지만 이제 괜찮아. 아, 추우니 안에서 기다리겠니? 괜찮아? 아, 그래. 나이는 몇 살? 기특하네, 큰일 했네" 하고 흐뭇하게 웃어서 난처했다. 큰일을 했다는 말을 들을 정도로 어린애가 아니다. 분명조금 겁은 먹었지만. 밀크티와 녹차를 착각하기도 했지만.

진료실에서 어머니가 나왔다. 입원 준비를 마칠 때까지 일단 대기하라고 안내받은 2층 공간 문에는 '처치실'이라는 팻말이 걸려 있었다. 침대는 두 개 있었지만 지금 어머니 외에 이 방을 쓰는 사람은 없는 것 같았다.

침대에 눕자마자 어머니가 깊은 한숨을 쉬었다. 링거 바늘을 꽂으려고 소매를 걷은 팔 안쪽이 놀랄 정도로 창백했다. 덮고 있는 얇은 담요는 베이지색으로, 발밑 바구니에는 어느새 깔끔하게 개어놓은 어머니의 카디건이 담겨 있었다.

"폐렴이래."

간호사가 나가자 어머니가 맥이 풀릴 정도로 긴장감 없는 목소리로 말했다. 아까보다 말하기 편해 보이는데 뭔가 치료해 준 걸까. 아니면 병명을 알았다는 안도감이 성대를 매끄럽게 하는 걸까.

"깜짝 놀랐네."

"내가 할 말이야."

죽으면 어쩌나 했다는 말을 간신히 집어삼켰다. 입에 담기도 싫다.

"힘들면 일 좀 쉬면 될 텐데, 무리하니까 그렇지."

"매달 월급 받는 것밖에 재주가 없는걸."

흥, 콧방귀를 뀌며 어머니가 고개를 돌렸다. 천장에 걸린 크림색 커튼을 뚫어져라 쳐다보고 있지만 그렇게 관심을 끌 물건은 아니다. 적어도 어머니에게는.

"하지만 그런 건 건강…… 건강을 해치면 의미가 없잖아."

녹차 페트병을 움켜쥐었다. 뿌득, 긴장감 없는 소리가 유난히 크게 울렸다. 어머니가 힐끔 이쪽을 본다. 눈이 마주치자 바로 시선을 돌리더니 얇은 담요를 턱 위까지 끌어당겼다.

"너, 내 카디건 입고 있어."

"안 추워."

"됐으니까 입어."

반쯤 고집을 부리며 링거 튜브가 연결된 팔을 뻗어 카디건을 집어 들려는 어머니를 황급히 말렸다.

"알았어, 알았어, 입을게."

"감기 걸리면 어쩌려고 그래, 나 참."

"입을 테니 그만 움직여."

바구니에서 거칠게 카디건을 집어 들었다. 정말이지, 이 사람은.

"내 걱정 말고 자기 걱정 좀 해."

수액이 똑똑, 몹시도 느리게 떨어진다.

"자식을 걱정하는 게 부모 일이야."

어머니가 또 콜록거렸다. 기침 횟수는 줄었지만 가슴의 통증은 아직 사라지지 않는지 얼굴이 고통으로 일그러졌다.

"이제 그만 좀 말해, 부탁이야."

작은 소리로 말렸지만 어머니는 전혀 듣지 않았다.

"부모가 할 일이니 어쩔 수 없어. 너는 나를 잔소리꾼으로 생각할지 모르지만."

물론 그렇게 생각하지만 지금 말할 내용은 아니다.

"됐으니까, 그만 자."

내 말에 어머니는 의외로 순순히 눈을 감았다.

비어 있는 다른 침대에서 자고 싶었지만 당연히 멋대로 그런 짓을 할 수는 없다. 파이프 의자 위에서 팔짱을 끼고 눈을 감았다. 어머니의 카디건은 내게 너무 작아서 입으면 분명 늘어날 것이다. 무릎만 덮기로 했다.

꾸벅꾸벅 졸면서 아주 짧은 꿈을 몇 개나 꾸었다. 누군가가 태워주는 자전거 뒤에 타고 있거나 누군가의 무릎에 앉아 있는, 어린 시절 기억의 조각 같은 꿈. 의자에서 굴러떨어질 뻔하다 화들짝 잠에서 깨 고쳐 앉는다. 몇 번 그렇게 반복하다 보니 어느새 커튼 틈

새로 한 줄기 하얀 빛이 비쳐 들었다.

어머니가 잘 자고 있는지 확인하고 발소리를 죽여 처치실 밖으로 나왔다. 도착했을 때는 몰랐는데 병원은 강가에 있었다. 외래 로비는 커다란 통유리로 되어 있어 그곳에서 강을 굽어볼 수 있었다.

아침 햇살을 받은 수면이 반짝거려서 수면 부족으로 뻑뻑한 눈이 시렸다. 고개를 숙여 눈을 비비다가 다시 고개를 들었을 때, 병원으로 걸어오는 사람이 눈에 들어왔다. 처음에는 잘못 본 줄 알았다. 이곳에 온 뒤로 줄곧 끊임없이 느꼈던 불안감 때문에 환각을 보고 있는 게 아닌가 하는 생각도. 하지만 아니었다. 구로다 씨는 똑바로 걸어와서 유리에 들러붙어 있는 나를 발견하고는 훌쩍 한 손을 들었다.

서둘러 출입구 밖으로 나가자 구로다 씨도 빠른 걸음으로 다가왔다.

"사쓰코 씨는 좀 어때?"

"폐렴이래. 지금은 자고 있어."

링거를 맞고 내일 또 엑스레이 검사를 하고 이상이 없으면 돌아가도 된다고는 하는데. 그렇게 의사에게 들은 말을 그대로 전했다.

"할머니하고 누나한테 연락하는 게 좋을까?"

구로다 씨가 어이없다는 듯 입을 딱 벌렸다.

"당연하지."

"아니, 처음에 구로다 씨한테 연락하기도 했고. 그러고 나서는 지금까지 정신이 없어서."

"……그랬니."

조금 표정이 누그러진 것처럼 보인 건 기분 탓일까. 내 시선을 깨달은 듯 힘을 주어 표정을 가다듬는다. 먹을래? 하고 들어 올린 하얀 봉지 속에는 편의점에서 사 왔는지 샌드위치가 들어 있었다.

병원 밖 벤치에 앉아 달걀샌드위치 포장 비닐을 뜯었다. 쌀쌀한 아침 공기 속에서 위에 넣기에는 너무 차가웠지만 왠지 절대 남기면 안 될 것 같아서 전부 먹었다.

"폐렴이라니."

캔커피를 마시며 구로다 씨가 혼잣말처럼 중얼거렸다.

"엄청난 표정으로 아파했어."

무서웠어. 죽으면 어쩌나 했어. 어머니 앞에서 삼켜버린 말이 멋대로 흘러나왔다. 구로다 씨가 나를 힐끔 쳐다보았다.

"사람은 그렇게 쉽게 안 죽어."

"그런 거야?"

"어. 죽을 때는 훅 가지만."

그게 뭐야, 하고 말하려다가 그만두었다. 구로다 씨의 부모님은 이미 돌아가셨다는 사실이 떠올랐기 때문이다.

"혼자서 용케 애썼네, 기요."

구로다 씨는 앞을 바라본 채로 내 등에 손을 뻗어 몇 번 툭툭 두드렸다.

잔뜩 울상으로 일그러졌을 얼굴을 보이기 싫어서 서둘러 일어섰다. 강을 바라보는 척을 하며 참았다.

태양의 위치가 변했는지 수면은 더는 반짝거리지 않았다. 바람이 불 때마다 천천히 모양이 바뀐다. 강가에서 유연체조를 하는 사람이나 개를 데리고 산책하는 사람들의 모습이 조금씩 보였다.

흐르는 물. 구로다 씨가 중얼거리는 소리에 뒤를 돌아보았다. 그 시선은 강을 바라보고 있었다. 분명 물이 흐르고 있다. 그야 강이니까. 왜 그런 뜻 모를 소리를 하는지 물으려고 "왜"라고 말하다가 목소리가 끊겼다. 머릿속에서 뭔가가 반짝 빛났다.

흐르는 물이라고 말하는 구로다 씨의 목소리를, 나는 전에도 들은 적이 있다. 하지만 그 기억은 아득해서 좀처럼 초점이 맞지 않는다. 선명하게 보이지 않아 애가 탔다. 분명 거기에 있는데.

"저기, 있잖아."

어리둥절한 표정으로 고개를 든 구로다 씨가 눈부신 듯 한껏 실눈을 떴다. 내 뒤에서 또 태양의 위치가 바뀐 것 같았다.

엑스레이 사진에 따르면 어머니의 폐에는 아직 끈질기게 하얀 그림자가 점점이 비치는 모양이지만 집에서 안정을 취한다는 조건으로 퇴원 허락을 받았다. 할머니는 여행을 일찌감치 마무리하고 돌아오겠다고 했는데 어머니가 거부했다. 아무래도 허세를 부리는 것 같았다.

집을 떠난 누나는 어머니가 걱정된다며 여행 가방을 한 손에 끌고 돌아와 자잘한 시중을 들고 있다.

"이번 주는 쭉 휴가를 내서 마침 다행이야."

결혼식과 그 외 여러 준비를 위해서 낸 휴가지만

누나는 그 휴가를 기꺼이 어머니 간병에 쓸 작정이
었다.

"시청 일, 쉬어야 해."

냄비에 든 죽을 저으면서 누나가 거실에 이부자리
를 깔고 누워 있는 어머니를 돌아보았다. 어머니는
"안다니까" 하고 고개를 돌렸다. 사실은 방에서 쉬는
게 좋지만 본인이 텔레비전을 보고 싶다고 고집을 부
려서 이렇게 되었다.

"있지, 누나."

오목한 접시에 달걀을 깨며 살짝 말을 걸었더니 누
나가 "응? 뭐?" 하고 몹시 큰 소리로 대답했다. 어머
니가 들을까 봐 작게 말한 건데.

"내일, 드레스에 자수를 넣을 거야."

결혼식은 당장 일요일로 다가왔다. 헤어 세팅과 메
이크업을 부탁한 미용실에 토요일에는 드레스를 맡
겨야 한다. 오늘이 목요일이니 내일 하루 만에 완성
하지 않으면 늦는다. 물론 학교는 빠질 생각이다.

"뭐? 땡땡이치려고?"

어머니가 그 말을 듣고 "잠깐, 무슨 소리야?" 하
고 이불 밖으로 기어 나오려 했다. "됐으니까 누워 있

어!" 누나와 내가 한목소리로 외쳤다.

"아무튼 이미 결정했어."

"자수 도안을 못 정했다고 하지 않았어?"

"응. 하지만 찾았어."

꼭 넣고 싶은 자수가 있다. 그렇게 말하는 내게 누나는 조금 놀란 듯 눈을 크게 떴다.

"……알았어."

가만히 어머니를 돌아보았다. 이불에 파묻힌 몸이 묘하게 작아 보였다.

아침 일찍, 몰래 준비해서 할머니 방에 들어갔다.

숨을 삼키고 천천히 내뱉었다. 바늘 수를 세고, 그런 다음 드레스를 향해 고개를 숙였다. 바늘을 손에 들기 전에 항상 하는 의식이다.

"기요."

소리 없이 장지문을 연 누나가 아주 작은 목소리로 내 이름을 불렀다.

"정말 괜찮아?"

미간에 보일 듯 말 듯 주름이 있다. 누나가 걱정하는 것이 '학교에 가지 않는 행위'인지 자수에 관한 건

278

지 잘 모르겠지만 "괜찮아"라고 단언했다. 그래도 누나는 한동안 뭔가 머뭇거리며 양손을 꼼지락댔다.

"음, 뭐 도울 일 없어?"

단추 하나 달 줄은 아는지 의심스러운 누나에게 부탁할 일은 솔직히 없지만 누나만 할 수 있는 일이 사실은 한 가지 있다.

"그럼 드레스 좀 입어봐."

"지금? 여기서?"

"응. 입었을 때 가장 예쁘게 보이도록 자수를 놓고 싶어. 입은 상태로 자수를 놓을 거야."

드레스로 갈아입은 누나의 발밑에 무릎을 꿇고 드레스 밑단에 바늘을 꽂았다. 역시 첫 땀은 조금 용기가 필요했지만 그 뒤로는 손이 멋대로 움직였다.

선을 그리듯 가늘고 길게 이어간다. 어떤 것은 똑바로 뻗어가다 그 끝에서 S 자 모양으로 굽이친다. 혹은 완만한 곡선을 그리며 다른 선과 겹쳤다가 다시 멀어지면서 뻗어간다.

누나는 선 채로 내 손놀림을 응시했다. 보고 있다는 건 알았지만 이상하게 긴장되지는 않았다. 오히려 한 땀 한 땀 뜰 때마다 마음이 차분해졌다.

"전부 흰색이 아니라 군데군데 은색 실을 쓰고 싶은데 싫어? 너무 화려할까?"

"괜찮아. 마음껏 해봐."

뜻밖의 말에 고개를 들자 누나는 무척 부드러운 표정으로 내 손을 바라보고 있었다.

"괜찮아?"

"응. 기요를 믿을게."

바늘을 쥔 손가락이 희미하게 떨렸다. 하얀 실로 수놓은 선 위에 은색 실을 포갰다.

"그런데 이건 무슨 자수야?"

"흐르는 물."

"무슨 의민데?"

흐르는 물처럼 살아다오. 분명 그 목소리를 들었다. 구로다 씨의 목소리이기도 하고, 아버지의 목소리이기도 했다.

그때, 전부 기억해 냈다.

초등학교 4학년 때 '이름 유래 알아 오기'라는 숙제가 있었다. 어머니에게 물어보니 바로 불쾌한 표정으로 모른다며 고개를 홱 돌려버렸다. 할머니에게 물어도 잘 모른다고 해서 급기야 아무것도 쓰지 못하고

기한을 넘기고 말았다.

"숙제를 내지 않은 건 마쓰오카뿐이야. 내일은 꼭 가져와라."

담임 선생님의 당부에 어쩔 수 없이 자전거를 타고 구로다 봉제 공장을 찾아갔다. 어머니도, 할머니도 모른다면 남은 사람은 이제 아버지밖에 없다. 구로다 봉제 공장의 주소는 알고 있었다. 예전에 아버지가 데려가 준 적이 있었으니까.

역으로 따지면 두 정거장 거리. 자전거로 달리는 그 거리가 몹시 멀게 느껴졌다. 2학기 말을 앞둔, 바람 강한 날로 하늘은 거친 잿빛이었다. 바람이 불 때마다 핸들을 쥔 손가락이 시려서 감각이 점점 사라졌다.

겨우 도착했지만 아버지는 나오지 않았다. 포기하지 않고 계속 초인종을 누르자 자택 겸 공장 쪽에서 구로다 씨가 나와서 "젠은 아침부터 외출하고 없어"라고 알려주었다.

"어디 갔는데?"

"몰라. 뭐 하러 왔어?"

구로다 씨는 웃는 시늉도 하지 않았다. 어린아이를

대할 때라도 살갑게 구는 사람은 아닌 걸 알면서도 역시나 주눅이 들어 목소리가 제대로 나오지 않았다.

"설마 가출했냐?"

구로다 씨가 미간을 잔뜩 찌푸려서, 급히 고개를 저었다. 몹시 버벅거리며 설명했지만 구로다 씨는 참을성 있게 들어주었던 것 같다.

"그러냐. 돌아가라."

하지만 사정을 끝까지 들은 구로다 씨는 화난 것처럼 버럭 말했다.

"어, 왜?"

"알겠으니까 오늘은 돌아가."

역시 화내고 있다. 반쯤 울면서 집으로 돌아왔다. 화를 내는 이유를 알 수가 없어 그저 혼란스러웠다. 주위는 이미 꽤나 어두워져서 초조한 마음으로 페달을 밟는 다리가 몇 번이나 미끄러졌다. 겨우 집에 도착하니 현관 앞에서 버티고 있던 어머니가 늦게 온 내게 몹시 화를 냈다.

그런데 다음 날 숙제를 내지 않아 학교에서 호되게 혼나고 돌아오니 구로다 씨가 집 앞에서 기다리고 있었다.

"잠깐 좀 보자, 기요."

구로다 씨는 강을 따라 조금 걸어가다가 천천히 양복 안주머니에서 접힌 종이를 꺼냈다. 이마에 핏대가 서 있어 너무 무서웠다.

"젠에게 물어봤다."

"어?"

"네 이름의 유래 말이야."

종이는 무슨 서류 이면지인지 '갑'이니 '을'이니 하는 글자가 보였다.

"읽어주마. 하지만 한 번뿐이다."

"자, 잠깐만."

"외워."

당황하는 내게 아랑곳없이 구로다 씨가 묵직한 헛기침을 한 번 했다. 그 귓불이 어째선지 새빨갛게 물들어 있던 것을 또렷이 기억한다.

"먼저 미오가 태어났을 때부터 설명하겠습니다. 처음에는 작명 책에서 발견한 '아이[愛]'라는 이름으로 지으려 했습니다. 좋은 이름이고 모두에게 사랑받는 아이가 되기를 바랐으니까. 미오는 난산 끝에 태어났습니다. 열 시간쯤 걸렸을 겁니다. 분만실 밖에서 기다리는데 목소리가 들렸습니다. 일반적으로 아기 울음소리는 '응애'인데 미오의 울음소리는 전혀 달랐습니다. 강물처럼 아름답고 부드러웠어요. 그래서 '내 천(川)'이나 '흐를 류(流)'라는 글자를 넣고 싶었는데 삿 짱이 그건 뭔가 싫다고 해서 미오[水青]라고 지었습니다."

구로다 씨가 부동자세로 '이름의 유래'를 읽어주는 모습은 법정 드라마에서 본 기소장 낭독 장면과 똑같아서 지나가는 사람들이 모두 의아한 얼굴로 쳐다보았다.

"기요스미는 병원에 도착한 지 30분도 지나지 않아 쑥 나왔는데, 그래도 역시 울음소리는 흐르는 물소리처럼 들렸습니다. 기요가 조금 더 물줄기가 거친 강이었습니다. 그때도 삿 짱은 '흐를 류'라는 글자를 넣는 것에 맹렬하게 반대했습니다. 어쩌면 '표류하는' 삶이 될까 봐 불길한 인상을 받았는지도 모릅니다. 조금 더 강해 보이는 이름으로 짓고 싶다는 말도 했습니다. 하지만 기요."

기요, 하고 구로다 씨가 다시 헛기침을 했다. 촉촉하게 젖은 눈을 보니 화난 건 아니고, 아무래도 감동

받은 것 같았다.

"흐르는 물은 결코 썩지 않는다. 항상 움직인다. 그렇기에 청정하고 맑다. 한 번도 더럽혀진 적 없는 것은 '청정함'이 아니다. 계속 나아가는 것, 정체하지 않는 것을 청정하다고 부르는 것이다. 앞으로 살아가는 동안 많이 울고 상처 입을 테고, 억울한 일도 부끄러운 일도 있겠지만 그래도 계속 움직이길 소망한다. 흐르는 물처럼 살아다오. 아버지가 할 말은 이상입니다."

이상입니다. 구로다 씨는 그 말을 두 번 반복하고 종이를 주머니에 넣더니 도망치듯 잰걸음으로 떠나버렸다.

그 이야기를 해주면서도 나는 손을 멈추지 않았다. 누나가 벽시계를 보더니 "벌써 11시야!"라고 외쳤다. 상당히 오래 서 있게 해버렸다.

"의자 가져올까? 아니면 조금 쉴래?"

"나는 문제없는데, 괜찮으면 엄마 좀 살펴보고 와줘."

아침에 한 번 방으로 식사를 가져간 게 전부라고 했다. 장지문을 여니 거실에서 소리를 낮춘 텔레비전

소리가 들려왔다. 발소리를 죽이고 다가가니 어머니는 등받이를 젖힌 좌식 의자 위에 누워 있었다. 녹화한 드라마를 보는 것 같았다. 다시 몰래 돌아가려는데 어머니가 갑자기 뒤를 돌아봐서 눈이 딱 마주치고 말았다.

"기요, 너 학교는?"

"어, 아, 안 갔어…….."

만약 어머니가 물으면 당당하게 대답하려 했는데 실제로는 엉거주춤 겁을 먹고 말았다. 혼날 각오를 했는데 어머니는 "아, 그래" 하고 바로 텔레비전으로 고개를 돌렸다.

방으로 돌아와 그 이야기를 하자 누나는 "흐음" 하고 어깨를 으쓱거릴 뿐이었다.

"엄마답지 않은 반응 아니야?"

"그래? 뭐, 여러모로 깨달은 바가 있었겠지."

그 뒤로 누나에게 방 안을 걷거나 앉아보라고 했다. 다음에 실을 더할 자리에 주의 깊게 표시를 했다.

"이제 드레스 벗어도 돼. 고마워."

아직 더 해도 된다고 주장하는 누나를 남겨 두고 방에서 나왔다. 나도 아직 더 할 수 있을 것 같았지만 나중에 피로가 몰려오면 안 된다. 자기 체력과 능력을 과신하면 고생한다는 것을 이번에 어머니를 보고 똑똑히 배웠다.

평상복으로 갈아입은 누나와 함께 점심 식사를 조달하려고 편의점에 갔다. 겨울처럼 추운 날이 계속되나 했는데 오늘은 걷기만 해도 이마에 땀이 맺힌다. 10월이 이렇게 불안정한 계절이었나.

걸어가면서 누나가 "아까 이름 이야기, 전혀 몰랐어"라고 불쑥 중얼거렸다.

나도 지금까지 까맣게 잊고 있었다. 겨우 숙제를 제출했다는 안도감에 기억이 밀려난 걸지도 모른다. 더 일찍 알고 싶었어, 하고 토라진 누나에게서 시선을 돌려 강을 바라보았다.

기억 속 풍경은 거의 모든 장면에 당연하다는 듯 강이 흐르고 있었다.

우리, 없는 게 나았어? 아버지하고 함께 강을 바라보았을 때 문득 떠오른 그 질문을 집어삼킨 적이 있다. 대답을 듣는 게 무서웠다. 하지만 나와 누나가 태어났을 때 아버지는 '흐르는 물처럼 살아주기를' 바랐던 것이다.

점심 식사를 마치고 다시 바늘을 쥐었다. 누나가 입어준 덕분에 대강 이미지를 정했으니 이제부터는 마네킹에 입힌 상태로 자수를 완성해 간다.

관자놀이가 펄떡펄떡 뛰었다. 여러 번 안약을 넣었지만 통증이 가라앉지 않는다. 반으로 접은 방석을 베개 삼아 잠시 눈을 감았다.

누군가가 담요를 덮어준 것은 어렴풋이 기억난다. 그리고 누군가의 손이 이마를 만진 것. 잠깐 눈만 쉬려고 했는데 잠이 든 모양이다. 알고는 있는데 눈꺼풀이 무거워서 도무지 눈이 떠지지 않는다. 일어나야 해, 일어나야 해. 그렇게 생각하는 사이 누가 목덜미를 잡아당기듯 다시 깊은 잠의 세계로 끌려갔다.

그렇게 몇 차례 반복하다가 겨우 눈을 떴다. 구루미가 내 얼굴을 들여다보고 있었다.

시선이 마주친 채로 한동안 움직이지 못했다. 아직도 꿈속인가 했다. 구루미가 "연락 없이 와서 미안"이라고 해서 겨우 꿈이 아닌 것을 깨달았다.

"어? 왜?"

"문병 왔어."

등을 꼿꼿이 펴고 무릎을 꿇은 자세로 앉아 있는 구루미의 시선이 반짇고리와 드레스, 다다미 위에 던져둔 안약 사이를 오갔다.

"꾀병이라는 건 네 누나한테 이미 들었어."

미안, 하고 고개를 움츠린 내게 구루미는 "제법이네" 하고 씨익 웃었다.

"오늘 수업 필기한 공책 가져왔어."

고마움과 동시에 이런 시각까지 자버린 것에 갑자기 초조해졌다.

문득 목에 강렬한 자극을 느꼈다. 어느새 등 뒤로 온 구루미가 엄지로 내 목덜미를 꾹꾹 누르고 있었다.

"어, 어, 뭐야?"

"여기, 눈이 피로할 때 누르면 좋은 자리야."

"아…… 그렇구나, 고마워."

"나중에 또 눈이 피곤해지면 눌러줄게. 지금부터 또 자수 놓을 거지?"

그렇다면 아직 한동안 우리 집에 있을 생각인가. 그만 돌아가라고 할 수도 없어 아까까지 베개로 썼던 방석을 내밀었다. 난처하긴 했지만 방 안에 구루미가 있다는 사실에 곧 익숙해졌다. 그보다 바늘을 쥐니 잊어버렸다고 말하는 편이 정확할까. 몇 시간 잔 게 효과가 있었는지 몸이 가벼웠다.

서쪽 창문으로 보이는 하늘은, 마멀레이드색으로 변해 있었다. 다다미와 드레스 원단, 내 손을 부드러운 빛으로 물들인다. 한 땀씩 뜰 때마다 마음은 뜨겁게 달아오르는데 머리는 겨울 아침에 심호흡할 때처럼 시원하고 선명하게 또렷해졌다. 쉬지 않고 바늘을 움직였다.

"기요 군은 장래에 옷을 다루는 사람이 되려나?"

구루미의 목소리가 몹시 멀리서 들렸다. 같은 방에 있는데 무척 아득하다. 아득하지만 그래도 똑똑히 들린다. 한참 생각하다가 "몰라"라고 대답했다.

구루미의 서늘하니 차가운 손가락이 내 목덜미에 조용히 닿았다. 눈을 감자 손가락은 내 눈과 눈 사이로 이동했다. 이어서 관자놀이를 꾹꾹 누른다. 상당히 아픈데, 이게 효과가 있다는 뜻일까.

"하지만 쭉 계속할 수 있으면 좋겠어. 역시 자수를 좋아하니까."

평생 자수만 놓을 수 있는, 그것으로 먹고살 수 있

는 직업이 존재하는지 지금의 나는 모른다. 하지만 직업이 아니더라도 언제까지고 계속하고 싶다. 그렇게 말한 다음에야 눈을 뜨고 구루미를 돌아보았다.

구루미가 크게 고개를 끄덕였다. 마멀레이드색을 두른 아름다운 얼굴로.

"나도 그래."

그야 좋아한다는 건 소중한 일이니까. 그렇게 말을 잇고 쑥스러운 듯 어깨를 움츠렸다.

"늘 생각했어. 소중한 일이니까, 내가 좋아하는 걸 유행이나 돈이 된다는 이유로 고르고 싶지 않아."

고작 돌멩이를 다듬는 게 뭐가 즐거워? 그건 뭐에 쓸모 있어? 구루미는 지금까지 몇 번이나 그런 말을 들었을지도 모른다. 아니, 분명 그렇다. 그래, 내가 그랬으니까.

"왜, 좋아하는 일을 직업으로 고르라고들 하잖아. 하지만 '좋아하는 일'이 돈으로 연결되지 않는 경우도 있어, 나처럼. 그래도 좋아하는 건 좋아하는 거고, 직업하고 상관없이 앞으로도 계속하고 싶거든. 좋아하는 일이 직업이 되지 않는다고 해서 그게 인생이 실패했다는 뜻은 아닐 거야, 분명."

그렇지? 힘주어 묻고 있지만 동의를 구하는 건 아닌 것 같았다. 말로 표현함으로써 마음이 정해지는 일이 있으니, 구루미는 내게 말함으로써 뭔가 스스로 정리하고 싶었던 건지도 모른다.

후우, 만족스럽게 숨을 내쉰 구루미는 주머니를 뒤적거리기 시작했다.

"이거, 기요 군한테 줄게."

납작한 타원형 돌을 눈앞에 내밀었다. 매끈매끈하고 차가운 돌멩이는 옴폭하게 오므린 손바닥에 쏙 들어왔다. 한가운데를 지나는 가느다란 하얀 줄기를 가만히 손끝으로 훑었다.

"이렇게 매끄럽게 만들려면 시간이 얼마나 들어?"

"아, 그거 내가 연마한 게 아니야."

"어, 그래?"

"주웠을 때 그대로야."

상상도 못 할 정도로 오랜 시간 동안, 흐르는 물에 형태가 바뀐 돌멩이라고 한다.

"물의 힘, 굉장하지?"

그럼 이만 가볼게. 구루미가 갑자기 벌떡 일어났다. 성큼성큼 현관까지 걸어가는 뒷모습을 황급히 쫓아갔다.

"바래다줄게."

"괜찮아. 혼자서 왔으니 혼자서 돌아갈 거야."

실은 자수를 완성하는 순간을 보고 싶었는데. 구루미는 그렇게 말하며 어째선지 내 이마 쪽을 의미심장하게 힐끔 쳐다보더니 떠났다.

"어머, 그 애 돌아갔어? 저녁 같이 먹으려고 했더니."

부엌에서 나온 누나가 아쉽다는 듯 콧숨을 내쉬었다.

보석도 아니고 귀하지도 않은 그냥 돌멩이인데 굉장한 보물을 받은 기분이다. 소중하게 주머니에 넣고 옷 위로 가만히 눌렀다.

"기요 너, 이마에 실 붙어 있어."

누나의 지적에 그제야 아까 구루미의 시선의 의미를 깨달았다. 서서히 뺨이 달아올랐다.

저녁 식사로 무엇을 얼마나 먹었는지 잘 기억이 나지 않는다. 그 정도로 남은 작업 생각이 머릿속에 가득했다. 뭐에 홀린 듯 바늘을 놀리고, 물을 꿀꺽꿀꺽 마시고, 구루미가 가르쳐준 혈자리를 눌렀다. 창밖에는 남빛 밤이 깔려 있다. 어디선가 개가 짖고, 자동차 오가는 소리도 들린다. 태양이 가라앉아도 세상은 계속 돌아간다.

시계를 보니 벌써 밤 12시가 넘었다. 단숨에 완성해 버리고 싶지만 여기서 실수하면 본전도 못 찾는다.

담요를 끌어당기며 다다미에 누웠다. 내 방 침대에서 자면 분명 아침까지 못 깰 테니 여기서 쪽잠을 자기로 했다.

눈을 감았지만 좀처럼 잠이 오지 않았다. 몸을 뒤척이고 있으려니 장지문이 스르르 열렸다. 발소리를 죽이고 들어오는 어머니를 실눈을 뜨고 관찰했다.

마네킹에 입힌 드레스 앞에 가만히 서 있었다. 등만 보이는 데다가 어두워서 어떤 표정을 짓고 있는지 전혀 알 수 없었다.

"……안 자도 돼?"

말을 걸자 어머니는 "힉!" 하고 소리를 지르며 온몸을 떨었다.

"애가 정말 뭐니, 깨어 있으면 말을 해야지."

낮에 너무 자서 잠이 오지 않는 모양이다. 평생 잘 만큼 잤다고 하는 어머니는 확실히 기침도 하지 않고 안색도 꽤 좋다. 잠옷 위로 폐의 통증을 억누르는 보호대를 장착하고 있는 모습은 안쓰러워 보였지만.

어머니가 방에서 나갈 기미가 없어 잠들기를 포기하고 불을 켰다.

내가 바늘을 쥐자 어머니는 또 드레스 쪽으로 몸을 돌렸다. 입술이 달싹거렸다. 어차피 또 "그만뒀으면 좋았잖니" 같은 말을 하려는 게 틀림없다.

경계하는 내게 어머니가 "기도니?" 하고 도통 영문 모를 질문을 했다.

"뭐? 기도?"

몇 번 되묻고 나서야 겨우 지난번에 곤노 씨에게 그런 말을 했던 것을 떠올렸다.

"이 자수는 미오에 대한 너의 기도인 거니? 아니면 애정의 증거?"

어머니를 따라 나도 드레스를 올려다보았다.

부러워. 무심결에 튀어나온 듯한 어머니의 말에 귀를 의심했다.

"부러워? 무슨 뜻이야?"

"그런 걸 할 수 있다는 게 부러워. 그런 발상이 부럽다는 게 맞으려나? 나는 너희를 위해 행주 한 장 만들어준 적 없어. 아무래도 그런 마음이 들지 않아."

앉아서 올려다보고 있는데도 어머니의 몸집은 자그마하니 불안해 보였다.

"그건 아니야."

"응?"

"내가 자수를 놓는 건, 그냥 즐거워서 그런 거야."

바늘을 쥐고 있을 때가 가장 즐겁다. 한 땀이 선이 되고 반복하면 면이 된다. 단순한 실의 연결이 천 위에 꽃을 피우고, 새를 날게 하고, 물줄기를, 약동하는 흐름을 만들어낸다. 그 사실이 목이 터져라 외치고 싶을 만큼 기쁘다. 내 손이 그것을 만들어낸다고 생각할 때마다 아찔한 열기를 느낀다. 그 열기가 모여 내 안에서 소리를 내며 터져 나간다. 그때마다 숨막히는 행복이 차오른다. 살아 있다, 그런 실감을 느낀다.

"그러니까 그런 걸 모르겠다는 말이야, 나는."

"그래도 돼."

알아주지 않아도 상관없다. 알아주길 바란 적 없다.

그저 지켜봐 주면 된다. 내가 계속 움직이는 것을.

강은 바다로 이어진다. 흐르는 물은 바다를 향하는 동안 무슨 생각을 할까? 정말 바다에 도달할 수 있을지 불안하지는 않을까?

나도 모른다. 모르지만, 또 바늘을 움직인다.

"내가 자수를 놓는 건 자수를 좋아해서 그래. 엄마가 바느질이나 요리를 안 하는 건 둘 다 서투니까 그런 거잖아. 서툰 일을 가족을 위해 해내려고 애쓰는 게 애정일까? 그건 아닌 것 같아."

"하지만 넌!"

어머니가 드센 목소리를 냈다. 파우치, 하고 입을 열었다가 말꼬리가 힘없이 가늘어진다.

"파우치가 뭐? 똑바로 말해."

"할머니가 만들어줘서 소중히 여기는 거잖아?"

"뭐? 아니…… 크기가 딱 알맞아서 쓴 것뿐인데."

어머니가 "엉?" 하고 얼빠진 목소리를 냈다. 입도 이상한 모양으로 벌리고 있다.

"그랬어?"

안약이나 립크림처럼 굴러다니는 자잘한 물건들을 한데 넣어두기 딱 좋은 주머니였다. 그냥 그런 이유였다고 말하는데 갑자기 옛날 기억이 되살아났다.

어머니의 뒷모습과 점점 뒤로 흘러가는 거리. 페달을 힘껏 밟으면서 "뭐야, 그 선생 정말 뭐야!" 하고 화내는 어머니의 목소리가 이상하게 탁해서 울음소리처럼 들렸다. 어쩌면 직접 따지러 갔던 그날, 돌아오는 길에 있었던 일인지도 모른다.

"엄마가 파우치를 만들어주지 않는다고, 나를 사랑하지 않는다는 생각은 해본 적도 없는데."

직접 만드는 것을 통해 뭔가를 보여주고 싶다, 전하고 싶다. 그렇게 생각하는 것은 자유다. 어머니가 그런 방법을 선택하지 않는 것도. 나는 나와 다른 방법을 선택하는 사람을 부정하며 살지 않았다. 그렇게 살고 싶지 않다.

그랬구나. 어머니가 중얼거리며 고개를 숙였다. 그 속눈썹이 파르르 떨리는 것을 보고 모르는 척 눈길을 돌렸다.

안약을 넣고 또 넣어도 소용이 없다. 눈을 깜빡일 때마다 눈동자가 뻑뻑했다.

커튼을 치지 않은 남쪽 창밖의 빛깔이 조금씩 바뀌

어 갔다. 남색에 조금씩 하얀 물감을 떨어뜨린 것처럼 연하게 밝아졌다.

어디선가 새가 지저귀고 있다. 무척 오랜만에 듣는 소리 같았다.

방구석에서 담요를 몸에 둘둘 감고 있는 어머니에게 "아침이야" 하고 말을 걸자 살짝 꿈틀거렸다. 잠이 오지 않는다더니, 어머니는 그러고 나서 자수를 놓는 내 뒤에서 새근새근 곤한 숨소리를 내기 시작했다.

솔직히 화가 나서 "하다못해 자기 방에서 자" 하고 쫓아내려다가 간신히 참았다. 앓고 난 사람에게는 다정하게 대해야 한다. 조금, 아니, 상당히 억울하지만.

자고 있는 어머니를 흔들어 깨워 "저기, 이 드레스 아버지한테 보여주고 싶은데" 하고 졸랐다. 자수를 놓으면서 아까까지 계속 그 생각만 했다.

아버지는 결혼식에는 참석하지 않는다. 누나가 불렀지만 역시나 눈치가 보이는지 "아니야, 샷 쨩한테 미안해서"라고 거절한 모양이다.

어머니는 아, 아아, 하고 잠이 덜 깬 목소리로 대답했다.

"그럼…… 집으로…… 부르지?"

"그래도 돼?"

나는 안 만날 거지만. 어머니가 눈을 비비며 그렇게 말하고는 방에서 나갔다. 이번에야말로 자기 방에서 잘 생각이리라.

안심하니까 배가 꼬르륵거려 부엌으로 달려갔다. 마침 누나도 막 일어났는지 하품을 하면서 토스터에 빵을 집어넣고 있었다.

"기요, 잘 잤어? 달걀프라이 먹을래?"

응, 하고 대답하고 "두 개 만들어줘"라고 덧붙였다.

"성장기야?"

"성장기야!"

귀 따가워, 하고 누나가 눈썹을 찌푸렸다. 흥분했느냐는 말도 들었지만 자각은 없다. 그저 눈이 시큰거리는 것에 비해 몸은 묘하게 가벼웠다. 멍한 감각 속에서도 머리 일부가 줄곧 쨍하니 깨어 있다.

"아버지하고 구로다 씨, 집으로 불러도 될까?"

토스트에 꿀을 바르던 누나가 가만히 시선을 들었다.

"부른다고 올까?"

올지 안 올지 모르지만 그래도 봐줬으면 하는 내

마음은 전하고 싶었다.

구로다 씨와 아버지에게 메시지를 보냈다. 곧 완성
되니 보러 와달라고.

바로 손안에서 스마트폰이 진동해서 이렇게 빨리
답장이 왔나 했더니 할머니의 전화였다.

"여보세요, 기요?"

며칠 못 만났을 뿐인데 왠지 몹시 그립다. 주위가
시끄러워서 어디냐고 물어보니 야간버스를 타고 지
금 막 오사카로 돌아왔다고 했다.

"금방 집에 도착해."

"응, 조심히 와요."

양치질을 하면서 어제 구루미가 완성한 자수를 보
고 싶다고 한 것을 떠올리고 그쪽에도 메시지를 보
냈다.

찬물로 첨벙첨벙 세수를 했다.

그리고 자수를 완성하기 위한 마지막 실을, 바늘귀
에 꿰었다.

한 땀이 선이 되고 반복하면 면이 된다. 단순한
실이 그렇게 함으로써 단순한 실 이상의 가치를 갖

는다.

마지막 한 땀을 마치고 한동안 멍하니 앉아 있었다. 목소리도 잘 나오지 않고 손끝에도 힘이 들어가지 않았다.

뒤에서 "와아!" 하는 소리가 들려서 깜짝 놀라 뒤를 돌아보았다. 장지문을 붙잡은 채로 누나가 눈을 휘둥그레 뜨고 서 있었다.

"이걸로 완성?"

"응. 음…… 어때? 마음에 들어?"

"입어봐도 돼?"

"당연하지."

방에서 나와 누나가 드레스를 갈아입을 때까지 복도에서 기다렸다. 장지문 안쪽에서 "고마워"라고 말하는 누나의 목소리가 들렸다. 천만에, 라고 대답하려는데 목이 메어 말이 나오지 않았다.

"나는 그냥 자수를 놓고 싶었을 뿐이야."

장지문이 스르르 열렸다. 드레스를 입은 누나가 조금 쑥스러운 듯 어깨를 으쓱하더니 알아, 라고 중얼거렸다.

"하지만 고마워."

왼쪽 어깨에서 가슴께까지, 하얀 실로 수놓은 수직으로 뻗은 선은 비를 표현하고 있다. 몸을 한 바퀴 감는 가늘고 긴 스티치를 허리 아래부터 밑단까지 몇 개나 넣었다. 하얀 천에 하얀 실로 몹시 세밀하게. 가볍고 부드러운 거즈 드레스의 질감을 해치지 않도록. 밑단으로 내려갈수록 은색 실의 비율이 높아진다.

"잠깐, 한 바퀴 돌아봐."

거울 앞에서 누나가 한 바퀴 빙글 돌자 밑단에 은색 실로 넣은 자수가 반짝 빛났다.

창밖의 세계는 이제 흰색에서 짙은 크림색으로 완전히 바뀌었다. 생각했던 대로 햇살에 빛나는 강이 천 위에 태어났다. 누나가 움직일 때마다 드레스가 공기를 머금고 부드럽게 흔들린다. 수면이 바람을 받아 물결무늬를 만들어내는 것처럼.

창을 열자 조금 차가운 아침 공기가 흘러 들어왔다. 다다미 위에 흩어진 실밥들이 날아오르는 모습이 마치 축복하는 춤사위 같았다.

누나가 스마트폰을 귀에 댔다. 여보세요, 하고 말하는 목소리가 들떠 있었다.

"얼른 와봐. 꼭 봐야 해. 분명 깜짝 놀랄 거야."

전화 상대는 역시나 곤노 씨였다. 아까 물은 "마음에 들어?"에 대한 답은 아직 듣지 못했지만 "얼른 와봐, 얼른" 하고 연발하는 누나의 뺨이 홍조로 반짝반짝 빛나는 것이 곧 대답이겠지.

눈꺼풀이 찡하니 뜨거워졌다. 그 사실에 스스로도 조금 놀랐지만 참거나 손으로 가리지는 않았다. 눈을 깜빡거리자 눈물방울이 뺨을 타고 뚝뚝 떨어졌다. 누나가 나를 힐끗 쳐다보았다. 눈치 없이 "뭐야, 울어?"라고 지적하지 않고 가만히 미소 지어주어서, 그래서 괜찮았다.

초봄부터 오늘까지 있었던 일들의 기억이 영화 예고편처럼 줄줄이 되살아났다. '주마등처럼'이라고 표현해도 되지만 그렇게 말하면 당장이라도 죽을 것 같아서 왠지 싫었다. 살아서 해야 할 일이 아직 많으니까.

초인종이 울려서 누나와 얼굴을 마주 보았다.

"곤노 씨? 벌써 왔어?"

"아니, 아무리 그래도 너무 빠르잖아."

문밖에 서 있는 건 구로다 씨일지도 모른다. 그렇다면 끌려오듯 따라온 아버지도 함께 있을까?

아니면 두 손에 여행 선물을 든 할머니일지도 모르고, 구루미가 냉큼 보러 왔을지도 모른다.

하지만 누가 오든지 문을 여는 건 나다.

현관 바닥에 맨발로 내려섰다. 천천히 연 문 틈새로 들어오는 커스터드크림 같은 빛깔의 아침 햇살이 차갑게 식은 발등에 따사롭게 내려앉았다.

옮긴이의 말

　작년, 일본의 젊은 거장으로 유명한 하마구치 류스케 감독의 〈드라이브 마이 카〉라는 영화를 보았습니다. 무라카미 하루키가 쓴 약 50페이지짜리 동명의 단편을 무려 세 시간짜리 이야기로 만들어낸 영화로, 주인공 가후쿠는 각본가 아내 오토가 잠자리를 통해서만 창작의 아이디어를 얻는 것을 알고 있지만 그 상대는 남편인 자신뿐이라고 믿어 의심치 않습니다. 그렇지만 우연히 아내의 외도 현장을 목격하게 되고, 대화할 기회가 있었음에도 진실을 알기가 두려워 계속 회피하는 사이 아내가 지주막하출혈로 사망하게 됩니다. 진실을 알 기회를 놓치고 상실도 제대로 받아들이지 못한 채 살아가던 그는 연출가로 초청받은 연극제에서 미사키라는 운전사를 만나 차츰 마음을 터놓게 됩니다.

영화에서 미사키는 아내를 이해하지 못해 괴로워하는 가후쿠에게 "오토 씨의 그 모든 걸 진짜로 받아들이는 게 어려운가요? 오토 씨에겐 수수께끼가 없었잖아요. 그냥 그런 사람이라 생각하는 게 어려운가요? 가후쿠 씨를 진정 사랑한 것도, 다른 남자를 끝없이 갈망한 것도 어떤 거짓과 모순도 없는 것 같은데요."라는 말을 합니다. 이 말은 영화의 오리지널 대사로, 《물을 수놓다》를 읽는 내내 "그냥 그런 사람이라 생각하는 게 어려운가요?"라는 말이 계속 머릿속을 맴돌았습니다.

《물을 수놓다》는 자수를 좋아하는 남고생 기요스미의 가족들을 화자로 하는 옴니버스 구조의 단편집입니다. 이야기가 거듭될수록 앞쪽에서 '이 인물은 왜 저렇게 행동할까, 왜 저러고 살까'라고 느끼는 부분에 대해 뒤에서 각각의 인물이 화자로 설정되었을 때만 표현할 수 있는 인격 형성 과정을 입체적으로 보여준다는 점이 재미있는데, 그런 부연 설명이 억지스럽지 않고 한 사람이 언뜻 모순되는 언동을 해도

'그래서 그랬구나'라고 받아들이게 됩니다.

주위 사람들에게 억울하게 차별받는 것 같았던 기요스미는 사실 본인도 타인에게 이해받으려는 노력을 제대로 해본 적 없는 인물이고, 이것도 싫다 저것도 싫다며 웨딩드레스를 만들어주려는 동생을 곤란하게 만드는 누나 미오는 어렸을 때 겪은 일로 인한 트라우마 때문에 여성스러운 디자인을 싫어하는 것이었습니다.

아이들에게 잔소리만 하는 독불장군처럼 보이는 어머니 사쓰코는 표현 방식이 잘못되었을 뿐이지 누구보다 아이들의 행복을 바라고 있습니다. 어쩌면 자녀의 행복을 바란다는 이유로 자녀에게 가장 큰 스트레스를 주는 건 만국 어머니의 공통점일지도 모르겠습니다.

기요스미와 미오의 아버지이자 철도 없고 생활력도 없는 젠을 거둬들여 먹여 살리는 구로다는 험악한 생김새와는 달리 친구 아들의 성장에 대리만족으로 부성애를 느끼기도 하고, 혼자 힘으로는 이룰 수 없는 꿈을 위해 오랜 세월 친구를 돌보는 끈기를 보여주기도 합니다.

한편 개방적이고 관대한 사고방식을 가진 기요스미의 할머니는 사실 본인이 어렸을 때 사회가 부여한 '여자'라는 고정관념에 얽매여 자유로운 활동 기회를 놓친 경험이 있음에도 어느새 그런 고정관념을 답습하는 실수도 하고, 나이라는 굴레에 얽매이지 않고 새로운 일에 도전하는 멋진 모습도 보여줍니다.

사람은 다양한 면을 가지고 있고 그 누구도 한 사람의 전부를 온전히 파악할 수는 없습니다. 그것은 자기 자신에 대해서도 마찬가지입니다. '내가 어떤 사람인지' 백 퍼센트 확신을 안고 스스로를 설명할 수 있는 사람이 과연 이 세상에 존재할까요? 타인에게 자신의 모든 모습을 공개하는 사람은 없습니다. 그것은 상대가 가족이든, 연인이든, 친구든, 회사 동료든 마찬가지입니다. 그러길 원한다 해도 살아가는 시간을 처음부터 끝까지 완벽하게 공유할 수 있는 상대는 없고, 하물며 마음과 생각까지 아무런 필터 없이 공유하기란 불가능하기 때문입니다.

그렇다고 해서 상대방이 나에게 진실하지 않다고, 그동안 내게 보여준 모습이 모순이고 가식이라고 감히 말할 수 있을까요? 상대가 내게 보여주는 모습이 '나를 대할 때 상대방이 보여주고자 하는 본모습'임을 믿어줄 정도로만 우리 마음이 단단하다면, 인간관계에서 상대가 무슨 생각을 하는지, 내게 진실한지 불안해할 일은 많이 사라질 것 같습니다.

요즘처럼 속고 속이는 일이 비일비재한 시대에는 꿈 같은 소리일지도 모르지만,《물을 수놓다》를 읽는 동안만이라도 편안한 마음으로 우리를 둘러싼 사람들을 '그냥 그런 사람'으로 받아들여 보는 건 어떨까요?

2024. 5

김선영

옮긴이 **김선영**

한국외국어대학교 일본어과를 졸업했다. 방송 등 다양한 매체에서 전문 번역가로 활동했으며 특히 일본 문학 소개에 힘쓰고 있다. 옮긴 책으로는 미나토 가나에 《고백》, 온다 리쿠 《꿀벌과 천둥》을 비롯하여, 이사카 고타로 '명랑한 갱 시리즈', 《러시 라이프》, 《종말의 바보》, 요네자와 호노부 '고전부 시리즈', '소시민 시리즈', 《왕과 서커스》, 《흑뢰성》, 아리스가와 아리스 '학생 아리스 시리즈', 《작가 소설》, 그 밖에 《손가락 없는 환상곡》, 《흑사관 살인사건》, 《경관의 피》등이 있다.

물을 수놓다

초판 1쇄 발행 2024년 5월 20일

지은이 데라치 하루나
펴낸이 안병현 김상훈
본부장 이승은 **총괄** 박동옥 **편집장** 박윤희
책임편집 김보성 **디자인** 용석재
마케팅 신대섭 배태욱 김수연 김하은 **제작** 조화연
펴낸곳 주식회사 교보문고
등록 제406-2008-000090호(2008년 12월 5일)
주소 경기도 파주시 문발로 249
대표전화 1544-1900 **주문** 02)3156-3665 **팩스** 0502)987-5725

ISBN 979-11-7061-135-6 03830
책값은 표지에 있습니다.